Comment va la douleur ?

Figure marquante de la littérature française contemporaine, Pascal Garnier (1949-2010) avait élu domicile dans un petit village en Ardèche pour se consacrer à l'écriture et à la peinture. Merveilleux romancier d'atmosphère, Pascal Garnier excelle dans l'art du détail juste, du portrait en taille-douce et du dialogue plus vrai que nature – avec un humour ravageur. Simple et authentiquement irremplaçable.

« À l'instar de ses précédents romans, dont *Trop près du bord*, *l'A26* ou encore *Nul n'est à l'abri du succès*, entre autres bijoux, *Comment va la douleur ?* est un texte assez court, formidablement construit, admirablement écrit – impossible de résister à son sens de la formule. »

DELPHINE PERAS, *Lire*.

« Simenon a trouvé son véritable héritier. »

JOHN BANVILLE

Du même auteur chez Zulma

L'A26

NUL N'EST À L'ABRI DU SUCCÈS

LA SOLUTION ESQUIMAU

LA THÉORIE DU PANDA

LUNE CAPTIVE DANS UN ŒIL MORT

LES INSULAIRES ET AUTRES ROMANS (NOIRS)

LE GRAND LOIN

CARTONS

PASCAL GARNIER

COMMENT VA LA DOULEUR?

Roman

ZULMA
18, rue du Dragon
Paris VIe

Couverture : David Pearson.

Si vous désirez en savoir davantage
sur Zulma ou sur *Comment va la douleur ?*
n'hésitez pas à nous écrire
ou à consulter notre site.
www.zulma.fr

Même une pendule arrêtée donne l'heure exacte deux fois par jour.

PROVERBE

C'est à peine audible, une vague rumeur montant du fond de la nuit mais suffisante pour faire voler son sommeil en éclats. Le ronflement de la mobylette croît inexorablement jusqu'à devenir en passant sous sa fenêtre aussi intolérable que la fraise du dentiste sur une dent cariée. Puis elle s'éloigne et disparaît comme elle était venue ne laissant derrière elle qu'une longue déchirure dans la ville endormie. Il n'a pas ouvert les yeux, pas esquissé un mouvement, tout juste une crispation au coin de la bouche pour manifester son agacement au passage de l'insecte mécanique. Allongé sur le dos, mains croisées sur le ventre, Simon a tout du gisant d'église. L'une après l'autre il soulève ses paupières, lourdes et rouillées, semblables au rideau de fer des vieilles boutiques. À tâtons il cherche ses lunettes sur la table de nuit. Il n'y voit guère mieux après les avoir chaussées. L'aube grise derrière les ondulations du voilage filigrané de motifs végétaux baigne la chambre d'une teinte uniforme. Chaque meuble, chaque objet semble dépourvu de volume, comme si on en avait tracé à la hâte les contours à même les murs. Couvre-lit, couverture, draps sont à peine dérangés. Il a dormi calmement, d'une traite. Si le moteur à deux temps n'était pas venu rompre le charme, sans doute dormirait-il encore. Sa pendulette de voyage à côté de la lampe de chevet indique six heures onze. Il avait programmé la sonnerie pour sept heures. Quelle importance ? À présent il est tout à fait réveillé. Et puis, dans les chambres d'hôtel, le temps n'a plus cours, il stagne, pareil au bras mort d'un fleuve. D'un regard il couvre son univers minimum ; les chaussures, dociles au pied du lit avec dans chacune d'elles une chaussette en tampon, le veston épousant mollement le dossier de la chaise, la petite table sur laquelle il a vidé ses poches, clés et papiers de la voiture, portefeuille, un calepin, un stylo, une poignée de monnaie, quelques billets de banque, une grande enveloppe à l'attention de Bernard Ferrand dont il vérifie le contenu : son numéro de compte à Genève, une procuration pour Bernard accompagnée d'un petit mot, « Merci et bonne chance », devant lequel il hésite avant de le froisser et de le balancer dans la corbeille en haussant les épaules. À côté, une pomme et une corde à sauter dans son emballage de plastique multicolore. Au-dessus, sur le mur tapissé de papier vert olive, une reproduction approximative des *Tournesols* de Van Gogh. La lumière de la salle de bains est restée allumée. Sur la porte une affichette informe la clientèle de l'attitude à adopter en cas d'incendie, du prix des chambres, des horaires de repas, etc.

Est-ce lui ou le lit qui grince alors qu'il s'extirpe des draps ? Il se masse la nuque. Toujours les cervicales coincées… Ses genoux ressemblent à deux boules de rampe d'escalier. Mollets secs et velus comme des pattes de crabe, ongles de pieds racornis, vieil ivoire, des griffes de vieux chien. Il bâille, se redresse, écarte un coin de rideau. Même lumière blafarde dehors que dedans. Le ciel est bas, s'accroche en filaments cotonneux au flanc des montagnes qui entourent Vals-les-Bains, Ucel, Saint-Julien-du-Serre. Plus loin, tout n'est plus que suppositions. Entre les rigoles de pluie qui ruissellent sur la vitre on distingue vaguement la Volane charriant ses eaux boueuses derrière le kiosque de la source Béatrix.

— C'était trop beau, ça pouvait pas durer. À la radio ils annoncent de la pluie pour le restant de la semaine.

— C'est toi qui as voulu venir dans une ville d'eaux. On n'aura qu'à aller au cinéma.

Il a entendu ça hier soir, au restaurant de l'hôtel, à la table voisine de la sienne. Un couple de retraités. Elle, dodelinait de la tête en consultant le menu ; lui, se cachait derrière les pages du *Dauphiné*. À la une, on parlait du décès d'un célèbre producteur.

On le voyait sourire de toutes ses fausses dents entre deux starlettes dorées sur tranche.

Il avait mangé de bon appétit la vichyssoise et les filets de sole. La pomme il l'avait remontée dans sa chambre, pour plus tard. Plus tard c'est maintenant. Il croque dedans. Un peu farineuse. Déçu il la repose et se rend à la salle de bains.

Simon n'est toujours pas parvenu à régler correctement le mélangeur de la douche. Eau glacée ou brûlante, au choix. Peut-être parce qu'il se sent déjà déserté, son corps répond mal aux ordres de son cerveau. Le verre à dents lui échappe des mains et se brise sur le carrelage, il se cogne au coude, au genou, se coupe en se rasant de trop près. Le miroir ne reflète plus que les contours d'un visage flouté en quête d'anonymat. Un nuage d'after-shave et il n'en reste plus rien. Il change de sous-vêtements par respect envers ceux qui bientôt se chargeront de sa dépouille. Une fois vêtu il fait quelques pas de la fenêtre au lit, du lit à la fenêtre. Puis il débarrasse la corde à sauter de son emballage. Le carton bariolé représente une fillette en robe rose batifolant dans un pré vert semé de pâquerettes. Il l'a achetée hier soir dans le magasin de souvenirs qui jouxte l'hôtel, juste avant la fermeture. La vendeuse avait souri au curieux achat de son dernier client. La corde est blanche avec des poignées rouges. Il en vérifie la solidité en tirant dessus à petits coups secs. *Made in China*, méfiance. Ensuite il place la chaise à l'aplomb du lustre, un bouquet de tulipes stylisées en verre dépoli, et grimpe dessus, noue soigneusement une extrémité de la corde au crochet de la suspension et l'autre autour de son cou. Il ne tremble pas. Il ne sait pas trop quoi faire de ses mains. Il les croise dans son dos et attend, en suivant d'un regard las le trajet aléatoire des gouttes de pluie sillonnant la vitre.

C'est peut-être d'avoir dormi trop longtemps à côté du corps glacé de sa mère ou bien à cause de l'humidité omniprésente que Bernard se sent si mal foutu, courbatu, goutte au nez, la tête dans le bocal. Qu'est-ce qu'il leur prend à ces vieux de le charger comme une mule de leur sale besogne ? Heureusement que Fiona et Violette sont restées là-bas. Enfin, boulot, boulot. L'ascenseur dépose Bernard au quatrième. La porte se déplie accompagnée d'un tintement de clochette. Le couloir est désert. Le tapis à ramages mordorés qui se perd dans une perspective infinie étouffe ses pas. 401, 402, 403... Il éternue, se mouche en tâchant de faire le moins de bruit possible. 404, 405, 406. Il a quelques secondes d'avance. Monsieur Marechall aime la ponctualité. Il attend. L'eau dégouline de son K-way sur ses chaussures. Huit heures pile. Il tourne tout doucement le bouton de la porte qui s'ouvre sans émettre le moindre grincement. Comme prévu monsieur Marechall est là, debout sur la chaise, face à la fenêtre, mains dans le dos comme un enfant au piquet. Il n'a pas tressailli pourtant il sait que Bernard est entré. Faut avoir du cran. À part un léger mouvement dans les plis du rideau, rien ne bouge. On se croirait dans une photo. Des bribes de conversation dans la rue, un rire pointu, une portière claque, une auto démarre. C'est ce qui décide Bernard à agir. Deux pas. D'un coup de pied il balaie la chaise de sous les pieds de monsieur Marechall en fermant les yeux. Un craquement, mais pas un cri, juste le bruit de la chaise rebondissant sur le plancher et un déplacement d'air brassé. Bernard se souvient d'un pantin de bois quand il était petit, on tirait une ficelle et bras, jambes se mettaient en mouvement. Il attend de ne plus percevoir qu'un grincement régulier de plus en plus lent pour ouvrir un œil. Une des chaussures de Simon est tombée, un mocassin de bonne qualité mais déformé par un oignon. Il n'ose pas relever la tête. Sur la table il ramasse l'argent liquide, les clés et les papiers de la voiture ainsi que l'enveloppe, comme convenu. Il a faim, croque dans la pomme entamée. Elle n'est pas très bonne. C'est rare aujourd'hui les bonnes pommes. À nouveau il éternue. Paraît qu'il va pleuvoir toute la semaine. Il sort et ferme la porte derrière lui. Ça ne sert à rien de dire au revoir à un mort. Au bout du couloir l'ascenseur est occupé. Bernard prend l'escalier.

Ils avaient fait connaissance quelques jours plus tôt sur un banc du parc qui longe la Volane, juste en face du casino. C'était un samedi, il devait être onze heures du matin. Un brave petit soleil dépourvu d'imagination mais plein de bonnes intentions donnait au paysage l'apparence d'une peinture naïve. Les arbres étaient verts, les fleurs roses, jaunes, rouges, le ciel bleu et l'ombre mauve. Les allées grouillaient de monde à cause des mariages qui se succédaient au pied du grand escalier de pierre, endroit idéal pour aligner les familles devant l'objectif de l'appareil photo. Ça ressemblait un peu au paradis, rien que des gens bien habillés, bien parfumés, vernissés comme des bibelots qui s'embrassaient ou pleuraient de bonheur.

— Resserrez-vous… Encore un peu… La dame avec le chapeau bleu, reculez d'un pas… Merci, c'est parfait !… Rien que les mariés à présent, au milieu des roses.

En vrai professionnel, le photographe n'hésitait pas à massacrer les massifs de fleurs et à tyranniser ses modèles afin que ce jour soit sans conteste le plus beau de leur vie.

— Mettez un genou à terre, monsieur, voilà, comme un prince charmant… Souriez, souriez !…

Prenez-lui la main… Parfait !

La grimace qui crispait le visage des jeunes époux évoquait une furieuse envie de pisser ou bien la douleur insidieuse provoquée par le port de chaussures neuves. Le costume du marié semblait taillé dans du contreplaqué et les kilomètres de tulle enrobant sa promise sortir d'une bassine de barbe à papa. Cramponnées à la traîne comme des morpions, les demoiselles d'honneur se tordaient les chevilles sur leurs premiers escarpins à talons. Les mères se tamponnaient les yeux, les pères bombaient le torse, les gosses jouaient à s'attraper en soulevant des tourbillons de poussière. Des groupes de curistes, reconnaissables aux gobelets gainés d'osier tressé portés en bandoulière, se mêlaient aux familles, prenaient des photos, partageant avec condescendance les rites enfantins des indigènes.

— Ça fait chaud au cœur tout ça.

— Vous trouvez ?

— Oui, tous ces gens heureux, c'est bien, non ?

— Comment savez-vous s'ils sont heureux ?

— Ça se voit.

— Faut se méfier de ce qui est trop voyant. En général c'est du toc. Vous êtes heureux, vous ?

— Ça dépend… Oui, je crois.

— Vous êtes marié ?

— Non.

— Qu'est-ce qui vous est arrivé à la main ?

— Accident du travail. Un embauchoir. J'ai perdu deux doigts.

— Sale coup.

— Ça fait un peu mal, mais… c'est juste l'auriculaire et l'annulaire, je m'en servais jamais. Et puis c'est la main gauche, je suis droitier.

— Alors tout va bien ! Vous n'avez perdu qu'un peu de poids.

— C'est de ma faute. J'avais bu. J'ai pas mis la protection. Mais mon patron est sympa, il me reprend, à un autre poste, un peu moins payé, mais du boulot quand même. C'est une chance !

— Je comprends, une sacrée chance ! Je me présente : Simon Marechall.

— Bernard Ferrand. Vous êtes en cure ici ?

— Vous plaisantez ? Vous me voyez au milieu de tous ces vieillards scrofuleux ? Regardez-les, avec leurs bobs ridicules, leurs gobelets en bandoulière, leurs grands shorts et leurs genoux cagneux. Des jambes Louis XV, des vieux meubles… Quelle brocante ! On devrait leur mettre des housses. Non, je suis de passage. Et vous ?

— Euh… De passage aussi. En convalescence. Ma mère habite Vals. On se voit pas souvent alors j'ai profité de la situation.

— C'est vrai qu'il y a des gens qui habitent ici… Je croyais qu'il n'y avait que des figurants. Vous connaissez la région, donc ?

— Pas vraiment. Je vis à Bron, à côté de Lyon. Je suis pas d'ici. J'y viens de temps en temps pour voir ma mère.

— Il y a des choses intéressantes à faire ?

— Il y a le casino, des promenades, le château de Cros, les coulées basaltiques et puis Jean Ferrat.

— Jean Ferrat ?

— Oui, il est d'Antraigues. Des fois on le voit sur le marché, le dimanche matin.

— Mais c'est formidable !

— Vous aimez Jean Ferrat ?

— Certainement. Et vous ?

— Bof…

— Ce n'est pas tellement de votre âge ce genre de chanteurs.

— C'est pas ça. À force d'entendre ma mère chanter ses chansons, c'est un peu comme un ami de la famille, quoi. On s'habitue.

Simon avait éclaté de rire en tirant un mouchoir de sa poche pour en essuyer ses lunettes de soleil. Il avait des yeux gris, gris acier, durs et froids.

— Vous m'êtes très sympathique, jeune homme. Quel âge avez-vous ?

— J'aurai vingt-deux ans le mois prochain.

— Voulez-vous que nous déjeunions ensemble ?

— Je peux pas, faut que je rentre chez ma mère. Je suis déjà en retard, je dois prendre le pain.

— Dommage. Et ce soir ?

— Euh… oui.

— Vous connaissez un bon restaurant ?

— Chez Mireille. J'y suis jamais allé mais paraît que c'est bien, un peu cher mais…

— Ne vous inquiétez pas, c'est moi qui vous invite. Ce soir, dix-neuf heures trente. Passez me prendre au Grand Hôtel de Lyon, Simon Marechall, chambre 406.

— Ben d'accord, merci.

La main de Simon était glacée, sèche et nerveuse. Il avait remis ses lunettes noires et ça faisait comme quand la nuit vous regarde de haut même s'il était légèrement plus petit que Bernard. L'un partit vers le quartier des hôtels et l'autre en direction de la vieille ville.

Malgré le soleil qui baignait la rue, la boutique de madame Ferrand restait désespérément obscure. Cela venait du fait que depuis des années elle n'ouvrait plus le rideau de cretonne décoloré qui masquait la vitrine. La poussière accumulée dans ses plis rendait le local impénétrable au regard des passants. Cela n'avait pas d'importance puisqu'on ne vendait plus rien ici. C'était devenu l'appartement de madame Ferrand. L'arrière-boutique servait de cuisine-cabinet de toilette et une petite remise contiguë tenait lieu de chambre à coucher. Le magasin (madame Ferrand avait toujours tenu à ce qu'on dise magasin plutôt que boutique) en était la pièce principale, le living, meublé d'un canapé défoncé surchargé de coussins, de châles, de plaids d'une propreté douteuse, de trois chaises dépareillées, d'un guéridon bancal, d'une table au vernis écaillé, d'un curieux lampadaire représentant une négresse nue grandeur nature coiffée d'un abat-jour de raphia posé de guingois ; tout cela reposant sur un patchwork de tapis tous plus éculés les uns que les autres. Des affiches écornées de natures diverses (publicités pour des marques de produits aujourd'hui obsolètes, posters de chanteurs morts, d'agences de voyages vantant le bonheur de vivre dans des pays à présent ravagés par la guerre, etc.) cachaient tant bien que mal les plaies livides de la tapisserie lépreuse qui couvrait les murs. Des vestiges d'étagères, de casiers, de spots révélaient l'existence d'activités professionnelles multiples et éclectiques qu'un destin résolument contraire avait exterminées impitoyablement les unes après les autres.

En investissant vingt ans plus tôt toutes ses maigres économies dans ce modeste local, madame Ferrand n'avait pas hésité à confier son petit Bernard âgé alors de deux ans aux bons soins de ses parents pour faire fortune à Vals-les-Bains. Pourquoi Vals-les-Bains ? Peut-être à cause de Jean Ferrat dont les vocalises révolutionnaires ne pouvaient qu'enflammer son cœur pur d'ouvrière et de mère séduite et abandonnée par un courtier en Bourse lyonnais qui s'éclipsa sans laisser d'adresse à la naissance du petit Bernard. À moins que ce ne soit tout bêtement la lecture d'une petite annonce dans *Le Dauphiné*, un soir de spleen, qui lui donna l'espérance d'échapper enfin à une destinée irrévocablement sordide. Elle avait trente-cinq ans, était courageuse, pleine d'audace, habile de ses mains et ne manquait pas de talent. En un mois, sans prêter attention aux sourires narquois des autres commerçants de la rue, travaillant à ses chapeaux la nuit et à la réfection de ses murs le jour, elle parvint à transformer l'antique mercerie en un coquet magasin de modiste, Chez Anaïs, et à ouvrir en temps et en heure pour la saison touristique. On était fin mai. En octobre, il lui fallut se rendre à l'évidence, elle n'avait pas trouvé sa clientèle. Certes, ses bibis extravagants amusaient les curistes qui venaient les essayer en pouffant de rire devant les miroirs mais n'en achetaient jamais.

Passé un moment de découragement bien compréhensible, elle revendit pour une bouchée de pain son stock à un chiffonnier et démarra avec le même enthousiasme et la même pugnacité un commerce d'artisanat local en s'associant avec une jeune hippie prénommée Daphnée. La nouvelle enseigne, Aux herbes tendres, remplaça la précédente. On vendait là des bougies parfumées en cire d'abeille, des ceintures et des sacs en cuir véritable, des bijoux en laiton, des confitures bizarres, des infusions étranges et de l'encens, beaucoup d'encens dont certains sous le long manteau en laine écrue de Daphnée. Les affaires marchaient plutôt bien jusqu'au jour où son associée disparut avec la caisse, ne laissant à Anaïs que ses yeux pour pleurer, des brassées de lavande, et le souvenir amer de son premier amour saphique. La femme est l'avenir de l'homme... Et d'une autre femme, alors ? Elle en voulut furieusement à Jean Ferrat durant tout l'automne, ainsi qu'à toute l'humanité, et c'est ce qui la mena à s'envisager un futur dans le toilettage canin. Bien rares sont les couples de curistes retraités qui ne sont pas affublés de cette verrue qu'est le caniche doré. Bien sûr, elle n'y connaissait rien et l'investissement en matériel s'annonçait conséquent, mais qui ne tente rien n'a rien. Cette fois, elle était certaine de son coup, le toutou était l'avenir d'Anaïs puisque le genre humain ne lui valait rien.

Au printemps, vêtue d'une blouse blanche immaculée, madame Ferrand recevait chez Tout pour toutou ses premiers clients. Début juillet elle dut fermer précipitamment boutique après avoir transformé en hot dog un teckel nommé Caruso à cause d'une erreur de réglage du thermostat de séchage. La vente du matériel couvrit tout juste les frais du procès.

Mais elle n'était pas la seule à essuyer des revers de fortune. Les uns après les autres, les commerces de la rue Jean-Jaurès se fantômisaient après de cuisantes faillites. Seuls subsistaient ceux qui relevaient du minimum nécessaire aux indigènes ; boulangerie, boucherie, buraliste. Cette partie de la ville que les touristes n'abordaient que par désœuvrement, comme on visite les ruines d'une civilisation disparue, semblait vouée au néant. Après avoir acheté quelques cartes postales, les touristes se hâtaient de regagner l'autre côté de la Volane, à l'ombre rassurante des hôtels et de leurs jardins bien entretenus.

Seulement Anaïs n'était pas d'une nature à mettre la clé sous la porte au premier obstacle, ni même au deuxième, pas plus au troisième. Il y avait forcément une leçon à tirer de cette succession d'échecs et c'est un soir alors qu'elle cherchait à tâtons ses lunettes dans l'arrière-boutique que l'illumination lui vint : « VOIR ! » Des longues nuits passées avec Daphnée à respirer de l'encens lui revenaient des bribes de révélations ésotériques que son associée d'alors lui avait fait promettre sous la foi du serment de ne jamais révéler.

— Tu parles, ma salope, si je vais m'en priver !

Sans doute avait-elle abusé de la bouteille de

Négrita qu'elle brandissait dans son poing, mais elle n'était pas plus borgne qu'une autre, non mais !...

Il ne lui fallut pas plus d'un mois pour digérer le livre des morts égyptien, celui des Tibétains et même le *Popol Vuh*. Lire dans les lignes de la main lui était devenu aussi praticable que le cours de la Bourse pour un actionnaire ou *Tiercé Magazine* pour un turfiste. Enfin, l'avenir avait un futur. De plus, l'investissement était dérisoire, un guéridon, un jeu de tarot, un pendule, et voilà tout. Sans compter que, pour sa concentration, la nécessité d'une obscurité totale allait sérieusement réduire sa facture EDF. Avec ses derniers sous elle se fit imprimer des cartes de visite qu'elle distribua elle-même dans les boîtes aux lettres. Il faisait froid, c'était l'hiver, l'emphysème commençait à lui faire gonfler les jambes mais le Négrita l'aidait à tenir le coup. Il n'y avait plus qu'à attendre.

Ses trois premières clientes moururent coup sur coup de mort violente, l'une en s'étranglant avec un noyau de prune, l'autre en prenant un autocar de plein fouet alors qu'elle se rendait à la messe et la dernière dévorée par son propre chien pour une sombre histoire d'os mal enfoui. Dans ces petites villes, la rumeur court vite et plus personne ne s'aventura devant son guéridon.

Anaïs se mit à tousser pour passer le temps, une toux rauque qui sonnait comme un glas dans sa poitrine et qu'elle avait fini par accepter comme un vieux chien qui vous colle.

Dans un ultime et méritoire sursaut d'espoir, elle se résolut à tracer sur une ardoise : « Anaïs Brocante », qu'elle accrocha à sa devanture. De ses pathétiques tentatives ne subsistaient que quelques chapeaux de feutre moisis, des bouquets de fleurs séchées, trois ou quatre bougies qui ne sentaient plus rien, une douzaine de colliers pour chiens en cuir craquelé, et un jeu de tarot. Ça peut paraître étrange mais elle vendit tout.

Aujourd'hui elle vivait de sa toux incurable qui lui rapportait une petite pension et des envois modestes mais réguliers de Bernard. Cela suffisait pour renouveler chaque jour sa bouteille de Négrita et regarder en paix la poussière se déposer comme une neige grise sur une vie qui n'aurait pas dû être. « Mon passé est triste, mon présent catastrophique, mais par bonheur je n'ai pas d'avenir. » Ainsi se consolait-elle.

— Maman, ça va être prêt, à table !

Simon s'était laissé aller à une envie d'enfant en passant devant le glacier Béatrix, contigu à l'hôtel. Il s'était installé en terrasse sous le feuillage des platanes qui tamisait les rayons du soleil et produisait une ombre d'une qualité remarquable. Il avait commandé la glace la plus grosse et la plus chère du menu dans une sorte de défi puéril. En attendant qu'on la lui serve, il feuilletait d'un œil distrait le dépliant des thermes ramassé le matin à la réception de l'hôtel. La ville était riche de six sources ; la Constantine, la plus vertueuse dans les surcharges pondérales, les dyspepsies, la goutte ; la Précieuse pour les traitements hépatiques, le diabète ; la Dominique très utile dans les anémies, les grandes fatigues ; la Désirée, utilisée pour ses vertus laxatives ; la Rigolette, prescrite dans les colites ; la Camuse à utiliser en cas de paresse digestive. Ces eaux ne pouvaient être bues que sur prescription médicale, mais il en existait trois autres – la Saint-Jean, la Favorite et la Béatrix – dont la consommation était illimitée. La liste plus détaillée des maladies qu'elles étaient capables de traiter était aussi interminable que déroutante : dermite professionnelle, fissures du nez, foie colonial, doigt à ressort, dolichocôlon… Il y en avait autant que de glaces sur le menu. Qui aurait pu se vanter de ne souffrir d'aucune ? Il se hasarda à jeter un coup d'œil à son entourage. La moyenne d'âge de la clientèle oscillait entre soixante et cent ans. Bien qu'ayant lui-même atteint cette tranche d'âge, il fut soudain pris de vertige. Certes, il avait toujours considéré sa présence sur terre comme une erreur de casting et s'était fait fort d'échapper dès sa plus tendre enfance à la promiscuité des petits camarades de son âge, mais à cet instant précis il se sentit piégé, rattrapé par on ne sait quel prédateur implacable. À part la jeune serveuse qui déposa devant lui une monstrueuse coupe de crème glacée aux couleurs criardes piquée de ridicules ombrelles en papier, il ne compta dans son champ de vision que trois humanoïdes que les outrages du temps semblaient encore avoir épargnés. Tous montés sur roulettes (vélo, skate, rollers), ils ne firent que passer, montrant par là leur détermination à ne pas s'attarder au milieu de ce festival de cannes.

Qu'est-ce qui lui avait pris de faire halte à Vals-les-Bains ? Un jeu de mots, rien qu'un jeu de mots. Sur France Musique on passait une valse de Strauss alors qu'il abordait la ville au volant de sa voiture. « Une dernière valse ? » Il faut dire aussi qu'un violent malaise l'avait contraint à s'arrêter une heure et qu'il se sentait encore un peu château branlant. Il avait eu de la chance, un couple de Belges venait de se désister, il restait une chambre au Grand Hôtel de Lyon. Il comptait n'y passer qu'une nuit mais, à son réveil, le clin d'œil d'un soleil printanier, un café et des croissants excellents, un je-ne-sais-quoi flottant dans l'air lui donnèrent l'envie de s'offrir une journée buissonnière.

Il n'avait toujours pas entamé sa glace qui peu à peu prenait l'aspect d'une bouse de vache hépatique. Il jouait à se regarder dans le miroir tantôt convexe tantôt concave de sa cuillère. Quelle idée d'avoir invité ce gamin à dîner ce soir ? Peut-être l'avait-il pris pour un vieux pédé ? Peut-être qu'il ne viendrait pas. Il n'avait pas l'air bien futé mais c'est justement ça qui lui avait plu, cette candeur, cette maladresse et cette main bandée qu'il agitait comme une marionnette. Décidément, depuis qu'il était ici, il se surprenait à faire des choix étranges, comme cette glace qui ne ressemblait plus à rien et dont il n'avait jamais eu envie. Il en goûta quand même un peu. En fondant, tous les parfums s'étaient mélangés si bien qu'on ne pouvait en distinguer aucun. C'était juste froid et sucré.

C'est en cherchant de la monnaie dans la poche de sa veste qu'il faillit faire tomber son automatique.

— Merde ! Il est vraiment temps de raccrocher.

— Pourquoi il t'a invité à dîner ce type ? Il serait pas un peu pédé des fois ?

— Non, je crois pas, il a l'air normal.

— Ça ne veut rien dire, normal... Tout le monde a l'air normal et tu sais bien que c'est pas vrai. Enfin, t'es assez grand pour te débrouiller tout seul.

— Tu veux plus de ta côtelette, maman ?

— Non, c'est trop gras.

— L'agneau c'est toujours un peu gras, c'est ça qui donne du goût. Tu manges rien.

— On peut pas tout faire, boire ou manger, faut choisir.

— Tu bois trop, tu fumes trop aussi. C'est normal que tu sois tout le temps fatiguée.

— J'aime bien être fatiguée, ça me repose. Qu'est-ce que tu vas faire aujourd'hui ?

— Je sais pas. Il fait beau, peut-être faire un tour au bord de l'eau. Tu veux que je te prépare une petite soupe aux légumes pour ce soir ? Tu aimes ça la soupe aux légumes.

— Si tu veux. Et ta main ?

— Ça va. J'ai été faire changer mon pansement ce matin chez le docteur Garcin. Il m'a demandé de tes nouvelles.

— Qu'est-ce que tu lui as dit ?

— Que ça allait.

— Tu sais pas mentir, toi, c'est bien.

— Et toi, qu'est-ce que tu vas faire ?

— Comme d'habitude, une bonne sieste avant d'aller me coucher.

C'était un coin connu de lui seul. Il fallait descendre sous le pont puis emprunter un petit chemin caillouteux qui longeait la Volane pendant une quinzaine de minutes et, ensuite, sauter de rocher en rocher sans avoir peur de se mouiller les pieds pour déboucher dans une minuscule crique sablonneuse ombragée de saules tordus. Personne ne pouvait vous voir. Le bouillonnement des eaux couvrait les bruits de la ville et des voitures, là-haut, sur la route. Il avait découvert cet endroit quand il avait dix ans, pendant des vacances. C'était l'époque où sa mère vendait des herbes bizarres avec Daphnée. Il ne l'avait jamais aimée cette bonne femme. D'abord elle était moche avec ses grands cheveux rouges et ses habits de bohémienne, et puis elle ne savait pas sourire vrai. Chaque fois qu'elle essayait en lui caressant la tête, on aurait dit la sorcière de Blanche-Neige tentant de placer sa pomme empoisonnée. Elle ne sentait pas bon et peignait ses ongles en noir, des griffes de bête. S'il avait été un chien, il l'aurait mordue.

Bernard s'adossa à la pierre chaude, retira chaussures et chaussettes et agita ses doigts de pieds dans le sable gris. À cet endroit les galets formaient une sorte de cuvette dans laquelle l'eau reprenait son souffle avant de continuer sa course l'écume aux lèvres. Des libellules sillonnaient la surface et parfois on pouvait voir une truite tourner en rond dans cette vasque limpide. Elles étaient belles, les libellules, aussi légères et brillantes que la fée Clochette. Les truites aussi étaient jolies, si douces, si luisantes, si vives. Une fois il en avait attrapé une à la main. Ça avait été un moment inoubliable, comme s'il avait tenu la vie entière entre ses doigts ; l'œil d'or, le corps souple, les écailles miroitantes, les ouïes palpitantes comme des clapets. Longtemps il l'avait caressée, trop longtemps. Après une ultime ruade, il ne tenait plus entre ses paumes qu'une chose molle, inerte. Il avait bien tenté de la remettre à l'eau mais la truite chavira aussitôt présentant au ciel son ventre blanc. Il l'avait enterrée en pleurant, là, sous la souche du saule. Même en se lavant les mains dix fois de suite, l'odeur de vase ne le quitta plus de deux jours. Il n'avait jamais recommencé.

Non, c'était pas un pédé ce monsieur Simon Marechall. Il l'avait invité parce qu'il l'avait trouvé sympathique, c'est tout. C'était à force de rester dans son trou de boutique que sa mère voyait tout en noir. Et puis des pédés, il en avait connu qu'étaient pas pires que ceux qui n'aimaient pas les pédés. Suffisait de dire non. Une fois il avait dit oui, juste pour voir. C'était en quatrième, Gambin ou Gamblin, un nom comme ça. La bite à Gamblin lui avait fait le même effet que la truite entre ses mains. Il l'avait relâchée. Il voulait faire homme-grenouille, plus tard, ce type. Il nageait comme un dieu. Tous, à l'époque, voulaient faire quelque chose, homme-grenouille, aviateur, pompier, agriculteur. Bernard, lui, n'avait jamais trouvé son élément.

— Qu'est-ce que tu veux faire dans la vie ?

— Je sais pas.

À la fin de la troisième qu'il avait atteint comme par miracle, presque en passager clandestin, on l'avait orienté parce qu'il n'était pas doué pour les études. Boulangerie, coiffure, mécanique, plombier… Il était d'accord pour tout, seulement rien ne marchait. Il avait beau faire des efforts, plisser le front, ça ne rentrait pas. Parfois il avait l'impression d'avoir compris mais comme ça lui paraissait trop simple et qu'il avait l'habitude qu'on le prenne pour un con, il défaisait ce qu'il avait fait et tout était foiré. Il n'y a qu'au service militaire qu'il obtint un résultat, son permis de conduire, du premier coup. Ce fut le plus beau jour de sa vie, enfin pas un jour complet parce que le soir, après avoir arrosé son examen avec les copains, il avait fait le mariol avec une Jeep et écopé de quinze jours de cabane. C'était un bon souvenir quand même. Il n'en avait pas tant que ça. Pour dire vrai, il n'avait pour ainsi dire pas de souvenirs du tout, juste des trucs comme la truite, la bite à Gamblin, des trucs de rien qui refaisaient surface par-ci par-là et avec lesquels il jouait dans sa tête comme un bébé avec ses pieds. Sinon, chaque jour effaçait le précédent.

Une mouche vint se poser sur son genou, une jeune, pleine d'énergie, tout en vibrations. En une fraction de seconde elle se retrouva prisonnière de sa main. Il la sentait se débattre à l'intérieur. Ça chatouillait. Lentement il écarta les doigts, l'insecte s'échappa en zigzaguant. Il était imbattable pour attraper les mouches. Dommage qu'on ne puisse pas en faire un métier…

Il se redressa, chercha un galet bien plat. Au ricochet aussi il était très fort. Le caillou fila comme une soucoupe volante à la surface de l'eau en rebondissant six fois avant d'atteindre l'autre rive. Il faisait chaud. Il se déshabilla entièrement et se coucha dans le courant, sa main blessée tendue vers le ciel comme un périscope pour ne pas mouiller le pansement. Il ne pensait plus à rien. C'était juste bon de se sentir soluble.

Appuyé au dossier de sa chaise, la tête légèrement renversée en arrière, Simon fumait une cigarette en regardant Bernard dévorer son bœuf en daube le nez au ras de l'assiette. C'était un spectacle fascinant. Le jeune homme se servait de sa fourchette comme d'un poignard pour maintenir sa viande dont il coupait de gros morceaux qui disparaissaient à une cadence d'outil mécanique dans sa bouche. À peine mâchée, la bouchée provoquait un va-et-vient de sa glotte accompagné d'un léger haussement d'épaules et il remettait ça, en s'aidant parfois d'une grande rasade d'eau.

—Vous avez bel appétit !

—Toujours. J'aime tout et puis ici c'est rudement bon, non ?

—C'est très bien.

En un rien de temps l'assiette fut torchée et aussi propre que si elle sortait du lave-vaisselle.

—Vous finissez pas, monsieur Marechall ?

—Allez-y !

—Moi, le bœuf en daube, j'en mangerais sur la tête d'un pouilleux.

Le restaurant Chez Mireille était une de ces bonbonnières qui pullulent dans les petites villes de province, où le bleu ciel le dispute au rose filigrané ici et là de filets ou de ramages dorés pour faire cossu. Des rideaux de dentelle retenus par des embrasses de satin laissaient deviner de la rue le confort cosy de l'établissement. Mireille, femme blonde et plantureuse d'une ... taine d'années, allait de table en table s'enquérir discrètement du bien-être de sa clientèle. On aurait dit une petite danseuse de coffret à musique tournant sur elle-même aux accords aigrelets d'un air de Mozart. Comme le matin pour les mariages dans le parc Saint-Jean, tout le monde était propre, beau et gentil. On parlait peu et à voix basse. La chute d'une petite cuillère créait l'événement. Là encore, la moyenne d'âge était assez élevée. Bernard était l'exception. Pour l'occasion il avait soigné sa tenue, c'est-à-dire qu'il avait troqué son jogging informe pour une chemise claire, un veston bleu marine un peu trop court des manches et un pantalon gris foncé. Il était tout content, tout fier, souriait à tous et à tout, à la carafe d'eau, à la corbeille à pain. Bien souvent il était passé devant Chez Mireille, mais jamais il n'avait songé à y pénétrer. En tout cas, il faisait honneur à la cuisine du chef et ça donnait du baume au cœur. Repoussant sa deuxième assiette à présent aussi propre que la précédente, il se recula sur sa chaise en soupirant d'aise. Simon ne le quittait pas des yeux.

— Une cigarette ?

— Non, je fume pas.

— Vous ne buvez pas de vin non plus ?

— Non, ça me fait tourner la tête, j'aime pas ça.

— Vous êtes sage. Alors dites-moi, en quoi consistait votre travail ?

— On façonnait des colliers de serrage.

— Destinés à quoi ?

— J'en sais rien, des colliers de serrage, des gros, des petits, des moyens. Fallait en faire tant de l'heure ensuite ça partait dans des caisses pour je ne sais où.

— Ce n'est pas un peu monotone ?

— C'est un boulot. Une fois qu'on a pris le coup, on pense plus, c'est peinard. Et vous, au fait, c'est quoi votre job ?

— Dératisation, extinction des nuisibles, rats, souris, pigeons, puces, cafards...

— Et ça marche bien ?

— Très. Mais je me fais vieux. Je pense vendre mon entreprise et prendre ma retraite.

— Ah, la retraite !... Pourtant y en a à qui ça réussit pas. On avait un collègue à l'usine, un tout vieux. Pour son départ on lui avait acheté une chouette canne à lancer. Qu'est-ce qu'il nous rebattait les oreilles avec les parties de pêche qu'il ferait quand il serait à la retraite. Eh bien quinze jours plus tard, il se foutait à l'eau. Moi, j'aimerais bien y être déjà à la retraite.

— Qu'est-ce que vous feriez ?

— Rien.

— Vous n'avez pas de passions, d'envies de voyages...

— Non. Je voudrais juste avoir assez d'argent pour rien faire.

— Vous finiriez par vous ennuyer.

— Je crois pas. Quand on n'a pas de boulot ni d'argent, on s'ennuie parce qu'on pense tout le temps à comment en avoir, mais quand on a de quoi, rien faire c'est tranquille.

— Vous ne lisez pas ? Vous n'allez pas au cinéma ?

— J'ai du mal avec les livres. Arrivé au bas d'une page je me rappelle plus le début alors, forcément, j'avance pas vite. Au cinéma je m'endors à cause du noir. Et vous, qu'est-ce que vous ferez à la retraite ?

— Je ne sais pas. J'aime la mer, les bateaux.

Mireille leur apporta la ronde des fromages. Bernard prit une part de chaque. Simon commanda une autre bouteille de cornas.

— C'est dingue tout ce qu'ils ont comme fromages ! J'en connais pas la moitié. C'est tout ce que vous prenez, monsieur Marechall ?

— J'ai pris du gruyère.

— Vous êtes comme ma mère, vous, vous mangez dans votre verre. Alors comme ça, votre truc, c'est les bateaux. Des maquettes ou pour aller dessus ?

— Pour aller dessus, comme vous dites.

— Et vous iriez où ?

— N'importe où. Ce qui me plaît c'est de partir.

— Moi c'est le contraire, j'aimerais bien arriver. Vous en avez déjà fait du bateau ?

— J'ai pas mal voyagé. J'irais bien d'île en île, au hasard.

— C'est beau les îles ?

— Certaines, oui. Mais toutes ont un charme particulier, même les plus austères.

— On doit finir par tourner en rond au bout d'un

moment, non ?

— Pas plus que sur Terre. La Terre n'est rien d'autre qu'une île dans l'espace.

— Peut-être mais c'est quand même grand, faut un bout de temps pour en faire le tour.

— Pas tant que ça. Et puis lorsqu'on est fatigué d'une île, on reprend la mer et c'est comme repartir à zéro.

— Pourquoi vous voudriez repartir à zéro ? Vous avez l'air d'avoir bien réussi dans la vie. Moi, j'arrive pas à en décoller, du zéro.

Sans doute par association d'idées, Bernard prit une île flottante en dessert. Simon se contenta de finir la bouteille de vin. Il pouvait boire des quantités phénoménales sans qu'on puisse discerner chez lui le moindre signe d'ivresse, hormis une certaine fixité dans le regard qui mettait ses interlocuteurs mal à l'aise. Il ne titubait jamais, ne haussait jamais le ton. Pour dire vrai il méprisait les ivrognes. D'ailleurs, la plupart du temps il ne buvait que de l'eau pour ne pas se gâter la main. Mais certains jours, certains soirs... Ce qui était étrange chez ce jeune crétin c'est qu'il n'était pas bête. Il faisait preuve d'un bon sens ingénu qui rafraîchissait Simon, le ramenait à l'évidence d'une existence simple comme bonjour. C'était comme découvrir une fontaine d'eau vive après une longue marche au soleil. Sa vulnérabilité le rendait invincible.

En sortant du restaurant ils remontèrent la rue Jean-Jaurès (Bernard ne tenait pas à passer devant la boutique de sa mère), traversèrent la Volane et redescendirent vers le Grand Hôtel de Lyon par le boulevard de Vernon. Il faisait doux et l'on y voyait presque comme en plein jour à cause de la lune pleine qui se balançait comme un pendule au milieu des étoiles. Ils ne croisèrent que deux personnes, un homme qui promenait son chien et un autre qui vomissait le front appuyé sur le tronc d'un platane.

— Dans quels pays vous avez été, monsieur Marechall ?

— Un peu partout, l'Asie, le Moyen-Orient, l'Afrique, l'Amérique latine… Partout où il y avait des guerres. J'étais dans l'armée avant de monter mon entreprise.

— Ah, je comprends. L'armée ça fait voir du pays. Moi, j'étais en Allemagne ; et encore, juste à la frontière. À part la langue c'était pareil qu'ici. Une fois j'ai été en Suisse avec l'école. Ça m'avait bien plu. C'était partout comme dans les cartes postales. Vous connaissez la Suisse ?

— Oui. C'est très joli. Ça donne envie de mourir.

— Pourquoi vous dites ça ?

— Mais parce que c'est très calme, très fleuri.

— C'est vrai, question géraniums, ils en connaissent un rayon.

— Dites-moi, qu'est-ce que c'est que ce bâtiment ?

— La Société des eaux minérales de Vals.

Il y avait quelque chose de féodal dans cette structure massive qui recouvrait de son ombre la moitié du boulevard. Les verrières en ogive serties d'acier reflétaient l'éclat nacré de la lune. La plupart des entrées d'entrepôts aujourd'hui murées rendaient encore plus impressionnantes les parois vertigineuses qui s'étendaient sur plusieurs centaines de mètres. On ne pouvait qu'imaginer d'inquiétantes activités intra-muros. Simon semblait fasciné.

— On dirait la coque du *Queen Mary* vu du quai...

— C'est un bateau le... Comme vous dites ?

— C'est plus qu'un bateau, c'est un géant des mers !

— Sauf que, là, l'eau elle est dedans et pas autour. Trente millions de bouteilles par an qu'ils en sortent. Vu que l'usine fonctionne depuis plus de cent ans, ça en fait de la flotte ! De quoi faire flotter la baraque !

— Vous avez raison, peut-être qu'un jour elle partira...

— Je disais ça pour rigoler.

— Vous connaissez la mer, Bernard ?

— Non, j'y suis jamais allé. Le plus grand que je connaisse c'est le lac Léman.

— Ça vous dirait d'y aller ?

— Oui, pourquoi pas ?

Ils poursuivirent leur chemin sans dire un mot, Bernard tentant d'imaginer une étendue d'eau plus vaste que le Léman et Simon cherchant dans sa tête une île définitive. Les guirlandes d'ampoules multicolores qui reliaient les platanes de la terrasse du glacier Béatrix étaient encore allumées. Un garçon en bras de chemise débarrassait les tables et empilait les chaises. Quelques passants attardés rôdaient au-tour du kiosque en quête d'hypothétiques aventures avant d'aller se gaver de somnifères dans leur chambre d'hôtel. D'autres, plus optimistes, se hâtaient vers le casino dont on voyait les lumières clignoter entre les branches des arbres. Il n'était que vingt-deux heures trente. Simon n'avait pas sommeil.

— Vous voulez prendre un dernier verre ?

— Non, faut que je rentre, je dois m'occuper de ma mère. Encore merci pour le dîner, c'était vraiment une bonne soirée.

— Eh bien... À plus tard.

— Demain c'est jour de marché.

— Alors sur le marché. Bonne nuit.

Simon se fit servir une poire au salon. Deux types jouaient au billard, mal, en prenant des poses de champion. En attendant son verre il fit le tour de la bibliothèque et tomba sur *l'Île au trésor*, un vieux volume aux pages jaunies. Bien carré dans un fauteuil club au cuir craquelé, il le feuilleta en recherchant tout au fond de lui le plaisir qu'il avait ressenti lorsqu'il l'avait lu la première fois. L'île n'avait pas changé. Lui, si.

Anaïs ronflait puissamment sur le canapé, un bouquin d'ésotérisme posé comme une petite tente sur sa poitrine. La couverture avait glissé sur le sol, dévoilant ses jambes largement écartées sous sa robe retroussée. Elle ne portait pas de culotte. Les poils touffus de son pubis remontaient haut sur son ventre. Bernard n'y vit rien d'indécent, simplement il s'étonnait de venir de là. Il posa le livre en prenant soin d'en marquer la page puis souleva sa mère et alla la coucher dans son lit. Il la borda, remonta l'édredon jusqu'à son menton et déposa un baiser sur son front. Elle se retourna en grognant.

Les jours de marché, la rue Jean-Jaurès était méconnaissable. Les étals de maraîchers installés sur les trottoirs de part et d'autre masquaient les vitrines aveugles des commerces défunts. L'étroitesse de la chaussée drainait un flot ininterrompu de quidams dont les paniers débordant de victuailles se heurtaient, créant parfois des embouteillages piétonniers. L'air frais du matin épicé de senteurs diverses – fleurs, fruits, poulets rôtis, poissons – aurait tiré n'importe qui de la plus tenace anorexie. Les planches posées sur les tréteaux ployaient sous des montagnes de cerises que le soleil métamorphosait en amas de rubis étincelants. Simon ne put résister à s'en acheter une poignée qu'il croqua en marchant. Ici, pas de demi-teintes, rien que des couleurs vives et franches qui vous donnaient l'impression d'avoir l'œil vissé à un kaléidoscope. Les marchands haranguaient le chaland improvisant ici et là de charmantes petites saynètes. Devant un stand d'artisanat local, à savoir tam-tams en peau de bouc, gris-gris à tête de serpent, masques bantous en contreplaqué, colliers en perles de verre, éléphants sculptés dans des pneus et autres chapeaux en cuir bouilli, une touriste allemande marchandait un sac d'apparence reptilienne avec le vendeur, un Noir immense, vêtu malgré la chaleur d'un épais pardessus.

— *Nein !* Moi acheter, mais pas vrai croco !

— Si ! Croco véritable !

— Si croco véritable, moi pas acheter. Imitation, oui.

Le grand Black roulait des yeux ronds mais comme ni l'un ni l'autre ne maîtrisaient notre langue la transaction devenait de plus en plus surréaliste. Ce pauvre vendeur avait affaire à une écolo pure et dure, sa coupe de cheveux filasse rigoureusement taillée au carré et les Birkenstock qu'elle portait aux pieds en faisaient foi. Le sac lui plaisait car elle le serrait contre son cœur, mais l'idée qu'il fût découpé dans la peau d'un saurien lui répugnait. Cependant, le vendeur à qui on avait appris le métier ne voulait pas en démordre.

— Vrai croco ! Mon oncle, le tuer de ses mains ! *Good price fo you !*

— *Nein ! Plastic, yes, animal killed no.*

Tout cela devenait trop compliqué aussi, d'un air désabusé, l'Africain céda au prix fort le sac en reconnaissant malgré lui qu'il était en plastique, « *but good plastic !* ». L'Allemande s'en fut toute heureuse de son achat tandis que le grand Noir comptait ses billets en se vissant un doigt sur le front.

Plus haut, là où la rue formait un estuaire devant la Poste, deux camions achalandés de cassettes et de CD mêlaient à plein volume les éructations de chanteurs inconnus ou morts, de l'accordéon musette, du raï, du rock, du folklore régional en un magma sonore qu'on ne pouvait comparer qu'au chaos originel. D'autres véhicules du même type vomissaient de leur flanc ouvert des tenues complètes de chasse, de la grosse chaussette tricotée main à la casquette à oreillettes en passant par le caleçon long, la chemise de lainage écossaise, les bretelles, les gilets doublés de peau de mouton ainsi que des treillis de toutes sortes. Il y avait aussi de quoi séduire les dames. Des culottes et des soutiens-gorge couleur chair d'une taille à la limite du concevable, tendus sur des anneaux de fer, se balançaient au milieu de blouses en Nylon coquettement fleuries et autres colifichets du même acabit venant d'une époque si lointaine qu'on doutait qu'il y eût encore des survivants pour les acquérir. C'est devant un de ces stands que Simon sentit une main se poser sur son épaule.

— Bonjour, monsieur Marechall.

— Bonjour, Bernard.

— Alors, ça vous plaît ?

— C'est très… chatoyant.

— Tenez, regardez là-bas !

— Quoi ?…

— Le grand avec des cheveux blancs et une moustache !…

Simon suivit des yeux la direction que Bernard lui indiquait. Un digne vieillard vêtu d'un costume de velours vert bronze remplissait une cagette de légumes divers.

— Et alors ?

— C'est Jean Ferrat !

— Mon Dieu, c'est vrai qu'il lui ressemble.

— Il ne lui ressemble pas, c'est lui ! Vous avez de

la chance, il ne vient pas tous les dimanches.

— C'est une chance, en effet. Dites-moi, Bernard, vous avez le temps de prendre un café ?

— Oui, j'ai fini mon marché.

Personne ne demandait d'autographe à Jean Ferrat.

Ils s'installèrent à la terrasse d'un café PMU face à l'église et commandèrent deux expressos. De l'intérieur leur parvenaient des effluves de pastis, de tabac et les vociférations des turfistes agglutinés comme des mouches devant l'écran d'une télé diffusant le résultat des courses. Simon insista pour changer de table, préférant à celle qu'ils venaient d'occuper une autre qui lui permettait de s'asseoir dos au mur bien que le parasol aux couleurs d'un quelconque apéritif ne le protégeât plus du soleil.

— Vous avez fait la même chose hier soir au restaurant.

— Une habitude.

Bernard souriait en plissant les yeux, son cabas coincé entre les jambes. La foule bariolée qui allait et venait devant lui semblait le ravir.

— J'aime bien les jours de marché, c'est un peu comme une fête. Elle est si triste cette rue en semaine. Paraît qu'avant c'était plus gai.

— Avant quoi ?

— Avant que les fabriques ferment, la pâte à papier, le basalte, quand il y avait du boulot, quoi. Il n'y a plus que du côté des thermes, des hôtels, du casino que c'est encore animé, et encore, en saison seulement.

— Ça sent le poulet rôti, vous ne trouvez pas ?

— C'est moi, j'en ai acheté un. Ma mère n'a pas beaucoup d'appétit mais l'odeur du poulet rôti lui met l'eau à la bouche. Elle n'en mange pas beaucoup, une aile, mais c'est déjà ça. Je vais lui faire de la purée avec.

— Vous l'aimez bien, votre mère.

— C'est normal, c'est ma mère. Tout le monde aime sa mère.

— Pourtant, d'après ce que vous m'avez dit, elle ne s'est guère occupée de vous.

— C'est pas de sa faute, elle voulait réussir. Si ça avait marché, elle m'aurait fait venir.

— Et comment se débrouille-t-elle quand vous n'êtes pas là ?

— Un voisin, une voisine… Je lui envoie un peu d'argent. Mais maintenant, ça va être plus difficile, je toucherai pas le même salaire.

— Voulez-vous des cerises ?

— Je veux bien, oui. Elles sont encore chères, c'est ma première, faut que je fasse un vœu.

Le fruit croquant fit passer le goût âcre du café. Bernard gonfla ses joues et cracha le noyau qui alla rebondir sur un panneau de sens interdit de l'autre côté de la rue.

— Vous visez bien.

— Quand j'étais gosse, j'étais un vrai champion au lance-pierre.

— C'était quoi votre vœu ?

— Si on le dit, ça se réalise pas.

Simon alluma une cigarette. La fumée s'échappant

de ses narines lui donnait un air de dragon. Bernard faisait des nœuds avec les queues de cerises.

— Dites-moi, Bernard, avez-vous votre permis de conduire ?

— Je veux ! Je l'ai eu du premier coup à l'armée.

— Seriez-vous disponible pendant deux jours ?

— Pour quoi faire ?

— Je dois me rendre au cap d'Agde pour affaires mais je suis un peu fatigué. J'aurais besoin d'un chauffeur. Trois cents euros par jour, tous frais compris. Seulement il faudrait partir demain matin, de bonne heure. Ça vous tente ?

— Vous voulez dire six cents euros pour deux jours ?

— Exactement.

— Ben merde alors ! Je comprends que ça me tente, seulement… faudrait que j'en parle à ma mère…

— Pendant que je serai occupé, vous pourrez en profiter pour aller voir la mer.

Bernard s'agitait sur sa chaise comme s'il était assis sur une fourmilière. Les trois doigts valides de sa main gauche pianotaient sur le guéridon et de la droite il s'astiquait le nez en plissant le front. Il n'était pas habitué à prendre des décisions de ce genre.

— Faudrait que j'en parle à ma mère… Seulement… ça m'embête de vous dire ça, monsieur Marechall, mais elle croit que vous êtes un pédé.

— Eh bien allons la voir ensemble ! Je suis sûr qu'elle changera d'avis.

— Quand ?

— Mais maintenant ! Pourquoi perdre du temps ? Invitez-moi à déjeuner, quand il y en a pour deux il y en a pour trois. Achetons-lui des fleurs, ou un gâteau, ou les deux !

— Je crois qu'elle préférerait une bonne bouteille.

— Je m'en occupe. Donnez-moi l'adresse et allez la prévenir, les dames n'aiment pas être surprises à l'improviste.

Entre la grande négresse lampadaire et Simon, le courant passait plutôt bien. C'était le genre de femme qui lui convenait. Aucun son ne s'échappait de sa bouche charnue et ses grands yeux en pâte de verre blanc reflétaient un dévouement absolu. Il s'extirpa du canapé pour remettre d'aplomb l'abat-jour de raphia et souffla dessus afin d'en disperser la poussière. Celle-ci s'éleva en un petit nuage gris qui alla se déposer un peu plus loin sur un autre support. Ses mains ne résistèrent pas à caresser les courbes parfaites de ce corps de bois synthétique, les seins, le ventre, les hanches. Il avait connu une femme semblable, à Djibouti... Safia, oui, elle s'appelait Safia ; aussi muette, aussi lumineuse. Il était bien avec elle. Il avait même pensé s'installer là-bas. En fait, il avait failli y rester pour de bon lors d'une émeute.

— Ça va, monsieur Marechall ?

— Très bien, prenez votre temps.

— Je secoue la salade et j'arrive. Maman en a pour cinq minutes.

La voix de Bernard semblait venir de bien plus loin que de l'arrière-boutique, d'un lointain dont lui-même était issu et qu'il regrettait parfois d'avoir quitté. Des endroits bizarres, il en avait connu, en Asie, en Afrique, des pagodes, des bordels, des cases et même des nuits passées à la belle étoile en plein désert, mais la boutique de madame Anaïs avait ceci de particulier qu'on ne pouvait la comparer à rien. C'était un non-lieu, que même le temps semblait avoir déserté de peur de s'y ennuyer à mourir. Du bout des fesses il reprit place au bord du canapé, car si on avait le malheur de s'y enfoncer on n'était pas sûr de pouvoir en sortir, englouti comme dans des sables mouvants sous les coussins de velours râpé. Sur la table que Bernard avait dressée d'assiettes et de couverts dépareillés se côtoyaient la bouteille de champagne, le carton à gâteau de chez Baudoin et le bouquet de roses rouges qui déjà commençaient à fléchir. Bernard sortit de la cuisine un torchon sur l'épaule, manches retroussées, un saladier de verdure entre les mains.

— Voilà, c'est prêt ! Maman va arriver. C'est qu'elle est coquette et puis, elle ne reçoit pas souvent. Maman ?... Maman ?...

— J'arrive !

C'était une drôle de voix, à deux tons, comme celle des fameux chanteurs mongols qui parviennent à faire sonner simultanément les graves et les aigus. L'apparition qui suivit fut aussi insolite. Anaïs s'était faite belle, c'est-à-dire qu'elle avait superposé sur sa silhouette aux contours indéfinis tout ce qu'elle possédait de plus clinquant, soieries dévastées par les mites, dentelles fanées, satins ravagés aux reflets d'huile de vidange, colliers de verroterie à multiples rangs, bracelets tintinnabulants, boucles d'oreilles grosses comme des mappemondes, babouches éculées, turbans croulants et maquillage à la truelle que le plus maladroit des plâtriers n'aurait osé soumettre à un aveugle. Un instant elle s'appuya au montant de la porte, jaugea d'un œil outrageusement cerné de khôl la distance qui la séparait de Simon et les obstacles à éviter, puis, tel un taureau fonçant sur le matador, souffla par le nez et se projeta en avant, main tendue, le visage fendu en deux par un sourire qui faisait penser à un coup de machette dans une pastèque.

— Enchantée, cher monsieur, enchantée ! Soyez le bienvenu !

Simon la réceptionna juste au moment où elle allait se prendre le pied dans un pli du tapis et habilement lui baisa le dessus de la main. La douche de patchouli dont elle s'était aspergée couvrait mal les remugles tenaces du Négrita.

— Mon fils est impardonnable, il aurait dû me prévenir ! Enfin c'est à la bonne franquette que nous vous recevons.

— Mais c'est moi le fautif, arriver comme ça, sans crier gare…

— Mais non, mais non ! Je vous en prie, prenez place.

Bernard eut juste le temps de glisser une chaise sous les fesses de sa mère, lui évitant ainsi une chute regrettable. L'effort avait dû être considérable car elle s'assit le souffle court, une main sur le cœur, les faux cils, dont un se décollait, battant pavillon bas.

— Oh mon Dieu, des roses ! Du champagne ! Et un gâteau de chez Baudoin ! Il ne fallait pas !

— Pensez-vous, ce n'est rien, c'est la moindre des

choses. J'arrive à l'improviste…

— C'est une excellente surprise. Bernard, veux-tu mettre ces fleurs dans un vase s'il te plaît ?

— Quel vase ?

— Mais je ne sais pas, moi, un vase, un récipient, quelque chose !

Bernard s'en fut dans l'arrière-boutique avec le bouquet laissant Simon et Anaïs en tête à tête.

Malgré les outrages du temps, les yeux pochés, la bouche déformée par l'amertume, les joues flasques, la peau qu'on aurait dit martelée avec un noyau de pêche et les mèches de cheveux tristes qui s'échappaient du turban, cette femme avait dû être belle. Il en subsistait dans la pupille verte de ses yeux quelques paillettes d'or pur. Mais ses mains tavelées, alourdies de bagues aussi fausses que ses dents ne parvenaient jamais à se poser quelque part, déplaçant un couteau, une fourchette, repliant une serviette. Cela dévoilait ce mal profond de ne plus jamais avoir sa place dans le monde.

— Alors comme ça, vous êtes de passage à Vals ?

— Oui. Je viens de Paris. Je m'ennuyais sur l'autoroute. J'ai pris des routes buissonnières et comme j'étais un peu fatigué, je me suis arrêté ici. Le hasard, quoi.

— Ah, le hasard… Vous êtes descendu à quel hôtel ?

— Le Grand Hôtel de Lyon.

— C'est très bien. J'y allais, parfois, dans le temps, pour prendre… un thé au salon. Il y a toujours le billard ?

— Toujours.
— Toujours…

Il était bel homme ce monsieur Marechall, séduisant, élégant, mais un peu trop calme, trop sûr de lui, trop froid. Quand il vous regardait, c'était comme si on vous avait glissé une plaque de verre dans le dos. Mais pas l'air d'un pédé… Qu'est-ce qu'il voulait à Bernard ?

— Vous êtes Scorpion ?

— Non, Poissons.

— Mais ascendant Scorpion alors ?

— Je ne sais pas, je n'y connais rien.

— Certainement ascendant Scorpion. On ne vous a jamais fait votre thème astral ?

— Non. L'avenir ne m'intéresse pas vraiment.

— Il ne s'agit pas de l'avenir mais du présent.

— Je n'en fais pas plus de cas. Elle est très belle votre nég… votre lampe.

— N'est-ce pas ! Je l'ai depuis… C'est de l'ébène, vous savez !

— Je n'en doute pas.

Tous deux se plongèrent dans la contemplation de cette divinité exotique dont la couronne diffusait péniblement ses soixante watts. Simon se retrouvait dans les bras de Safia, leurs deux corps enlacés striés des rais de soleil filtrant entre les volets clos sur le lit au sommier tissé de chanvre. La rumeur de la rue, la poussière, les cris des marchands ambulants… Anaïs revivait ce jour où Léo, un amant plus receleur que brocanteur, lui avait apporté la déesse noire sur son dos pour s'acquitter d'une dette qu'il ne pouvait lui rembourser. Il était beau, Léo... En fait d'ébène, la statue n'était composée que d'un alliage de résine et de sable et fabriquée en série à Saint-Étienne. Il y avait le cachet du fabricant sous le socle. Mais quelle importance cela avait-il à présent ? Le passé, même mal vécu, compensait largement un présent inexistant. Leurs souvenirs étaient d'ébène véritable. L'arrivée de Bernard les fit sursauter.

— J'ai pas trouvé de vase, j'ai mis les roses à tremper dans l'évier. Bon, ben y a plus qu'à. Monsieur Marechall, je peux vous demander d'ouvrir le champagne ? J'ai peur de pas bien y arriver avec ma main.

Simon s'exécuta et versa le vin mousseux dans les verres Duralex tandis que Bernard posait sur la table des radis, du beurre et du sel. Anaïs fit la moue.

— C'est tout ce que tu as trouvé comme entrée ?

— C'est bon, les radis, c'est de saison. Je les ai goûtés, ils piquent pas. Alors, à quoi on trinque ?

Simon leva son verre.

— Eh bien à votre avenir, jeune homme, et à nos passés respectifs, chère madame.

Anaïs grimaça une sorte de sourire et vida son verre d'un trait. Ensuite on parla de tout et de rien, de la pluie et du beau temps en croquant les radis qui avaient un goût de printemps. Anaïs appréciait modérément le champagne. Ça la ballonnait et ne bourrait pas assez vite. Aussi, sous un prétexte ou un autre, se rendait-elle à la cuisine s'enfiler une rasade de rhum. Ce n'est qu'au bout du troisième voyage qu'elle commença à se décontracter.

— Alors comme ça vous voulez m'enlever mon fils.

— Louer ses services plutôt. Je ne me sens pas de conduire jusqu'au cap d'Agde. Mais si vous y voyez un inconvénient…

— Bof, je m'en fous. Du moment qu'il est payé…

— Mais certainement ! La moitié d'avance, même. Ce n'est que pour deux jours maximum, il pourra vous téléphoner chaque soir.

— J'ai pas le téléphone. Enfin si, mais il est coupé. De toute façon, personne ne m'appelle. Bernard, sers-moi de la purée, j'ai faim aujourd'hui, et un bout de blanc aussi.

— Ça me fait plaisir de te voir en appétit. Tu veux de la peau grillée ?

— Non, que du blanc. C'est quoi au juste, vos affaires ?

— J'ai une entreprise de dératisation, éradication des nuisibles, rats, souris, cafards, blattes, etc.

— Vous ne devez pas manquer de boulot, y a plus que ça sur terre !

— Ça marche plutôt bien, c'est vrai.

— C'est ça que t'aurais dû apprendre, Bernard, au lieu de te faire bouffer les doigts par ces foutues machines. Tenez, les machines aussi faudrait les éradiquer, ça pique le pain des hommes. Avant, on faisait tout à la main. Regardez ce châle, pure laine, tissé main ! Maintenant c'est fabriqué en Chine, des kilomètres par jour qu'ils en sortent ! Mais question qualité, y a pas photo ! Touchez-moi ça… Allez, touchez !… Vingt ans il a ce châle, vingt ans et il est comme neuf !

Simon effleura du doigt le pan de serpillière qu'Anaïs lui tendait en approuvant gravement de la tête.

— C'est pas une machine qu'a fait ça, c'est des mains d'homme, un artisan ardéchois, enfin suédois, ou danois, je sais plus… Il avait son atelier à Antraigues, un pote à Jean Ferrat. Il faisait tout lui-même, des bonnets, des gilets, des moufles… Il est mort, je crois… De froid à ce qu'on m'a dit… Bernard, ouvre-nous une bouteille de rouge pour faire passer le champagne.

— Tu ne crois pas que tu…

— Non, je crois pas. Va chercher une bouteille, je te dis.

Anaïs fondait comme un moignon de bougie, les coudes sur le bord de la table. Ses yeux étaient devenus rouges et fixes pareils aux feux d'un véhicule pilant devant un obstacle, un trou, un gouffre abyssal.

— Vous êtes sûr que vous êtes pas pédé ?

— Certain. J'ai besoin d'un chauffeur. J'ai fait la connaissance de votre fils, j'ai confiance en lui. C'est aussi simple que cela.

— Ah… C'est que je suis sa mère, je le connais. Il est si… On dirait qu'il vient au monde chaque jour.

— C'est ce qui le rend sympathique.

— Et qu'il se fait avoir comme un bleu par n'importe qui. Dites, vous pourriez pas l'embaucher dans votre entreprise ? Il lui manque deux doigts mais il est pas feignant.

— C'est que je vais vendre mon affaire, je prends

ma retraite.

—Ah... C'est dommage... Des fois on croit qu'on a de la chance et puis...

—Ne vous en faites pas, je...

Anaïs s'écroula d'un bloc en ronflant, le front dans son assiette, les bras ballant de chaque côté de la chaise. Bernard arriva avec une bouteille sous le bras et le gâteau dans un plat.

—Lou Pisadou, spécialité de Vals... Maman ! Merde, qu'est-ce qu'elle a ?

—Elle dort.

—Elle a trop bu. Elle a pas l'habitude, dès qu'il y a quelqu'un elle en fait des tonnes alors forcément... Je suis désolé, monsieur Marechall.

—Ce n'est pas grave. Il faudrait peut-être aller la coucher. Je vais vous aider.

—Je veux bien, merci.

Ils l'allongèrent sur son lit dans ce réduit qui fit à Simon l'effet d'une sorte de caveau. Puis, après l'avoir bordée, ils revinrent à table.

—Je vous sers quand même une part de gâteau ?

—Non, merci, j'ai très bien déjeuné.

—Alors un café ?

—Non plus. Je vais rentrer faire une petite sieste à mon hôtel.

—C'est pas de sa faute, vous savez, elle voit jamais personne.

—Vous n'avez pas à vous excuser, Bernard. Votre mère est une personne charmante, peut-être un peu trop sensible, émotive. Nous nous sommes très bien entendus. Tenez, voici la moitié de votre salaire. Alors à demain, neuf heures à mon hôtel ?

— Sans faute, monsieur Marechall, sans faute !

Ils se serrèrent la main et avant de sortir, Simon échangea un dernier regard avec la négresse lampadaire.

—Alors ça, c'est de la bagnole ! Y en a sous le capot !... Et l'Allemande, y a pas plus fiable.

Bernard avait l'air aussi heureux qu'un gosse découvrant sa première voiture à pédales un matin de Noël. Il conduisait bien, négociait chaque virage en souplesse et Dieu sait s'il y en avait sur cette route. Les collines ondulaient, mauves et roses sous les premiers rayons du soleil. La voiture était si silencieuse et parfaitement suspendue qu'on aurait pu croire qu'elle était immobile et que c'était le paysage qui filait.

Malgré les médicaments, Simon n'avait pas fermé l'œil de la nuit. Les douleurs qui depuis quelque temps s'étaient assoupies venaient soudainement de se réveiller. Bernard lui était vraiment tombé du ciel. Sans lui, Simon n'aurait sans doute pas pris la route aujourd'hui. Et puis son enthousiasme, sa jeunesse lui faisaient du bien. Déjà il se sentait un peu mieux. Les nuages prenaient des couleurs de dragées bleues et roses. Il lui était arrivé quelque chose de troublant, hier, en rentrant à son hôtel après ce déjeuner insolite chez la mère de Bernard. À cette heure, la rue Jean-Jaurès était totalement déserte. En passant devant l'église dont les portes étaient curieusement grandes ouvertes, il avait entendu, venant de l'intérieur, une sonnerie de portable. Le correspondant insistait, insistait, et personne ne répondait. Mû par une sorte de curiosité, il était entré. L'église était vide. Sur un prie-Dieu un portable vibrait. Il s'en était emparé et l'avait porté à son oreille. Par trois fois il répéta : « Allô ! » Sa voix rebondissait sous les voûtes comme un oiseau pris au piège, mais personne ne répondit. Il reposa l'appareil là où il l'avait trouvé. L'église, pourtant modeste, lui parut immense. Trois rayons de lumière, rouge, bleu, jaune, filtrant de vitraux assez laids se rassemblaient en un nœud polychrome juste à ses pieds. Il était sûr d'être passé à côté de quelque chose, d'avoir raté un rendez-vous important. C'était absurde mais il avait l'intime conviction que cet appel lui était destiné. Il s'était senti abandonné, seul au milieu de rien. Il avait quitté l'église presque en courant. C'est peut-être ce qui avait provoqué la crise de cette nuit.

— Si ça roule comme ça, on en aura pas pour plus de deux heures. Ça va pas, monsieur Marechall ?

— Si, si… On arrive où, là ?

— Le Teil.

— Arrêtons-nous un instant, j'ai besoin d'aller aux toilettes.

Ils firent halte devant la gare et s'engouffrèrent dans la première brasserie venue.

— Qu'est-ce que vous prendrez, monsieur Marechall ?

— N'importe quoi, un café.

Bernard le vit disparaître par la porte des W.-C., tout pâle, le front en sueur. C'était dommage, lui se sentait comme un premier jour de vacances. Jouant ostensiblement avec les clés de la berline, il commanda d'un ton dégagé deux cafés et deux croissants. La serveuse lui fit un clin d'œil en souriant. Le pognon, quand même… Il étira ses jambes sous la table et croisa ses mains derrière la nuque, fixant le plafond strié de fausses poutres en polystyrène. Il n'y avait qu'un seul autre client, un grand type maigre comme une araignée juché sur un tabouret de bar, les yeux perdus dans le vide sidéral qui occupait la vitre, un demi dans son poing droit, une cigarette dans la main gauche. Un tisserand de l'ennui. Il ne sursauta même pas lorsqu'une petite blonde portant dans ses bras un bébé dans une couverture orange entra comme une furie en lui criant dessus.

— Espèce de salaud !

L'homme araignée se laissait secouer le bras gauche mais tenait fermement son demi de l'autre main.

— Enfoiré, donne-moi les clés !

— Y a plus de clés.

— Comment ça, y a plus de clés ?

— L'huissier est passé ce matin. Y a plus d'appart, plus de clés, voilà.

Il ponctua la sentence en avalant ce qui restait de sa bière cul sec. La jeune femme ouvrit et referma sa bouche plusieurs fois de suite sans qu'aucun son n'en sorte.

— Mais… Tu m'as dit que tu avais payé le loyer, que tout était arrangé…

— Ben je l'ai pas fait. Maintenant tu fermes ta gueule et tu me fous la paix.

Le patron leva les yeux au-dessus de son journal en fronçant les sourcils. La jeune femme tourna d'un quart de tour sur elle-même, repéra Bernard, lui colla son enfant sur les genoux et, saisissant un cendrier sur une table, se précipita sur le type. Il faisait beau, on était au Teil, il était neuf heures trente du matin. À contrecœur le patron s'extirpa de derrière son comptoir armé d'un nerf de bœuf, avec la lassitude d'un habitué de ce genre d'exercice.

— Bon, alors vous foutez le camp d'ici. Vos histoires de ménage vous les réglez dehors ! Allez hop ! Vous dégagez !...

— J'ai pas payé mon demi !

— Je te l'offre. Foutez-moi le camp ou j'appelle les flics !

Un liquide chaud coulait sur les genoux de Bernard. Le môme se vidait comme une bouillotte trouée.

Simon tira la chasse, et la cuvette dans laquelle il venait de vomir du sang se retrouva à nouveau immaculée. La lumière qui tombait du vasistas coulait en lui comme du lait. Il se sentait vide et creux mais bien. Parfois la maladie le lâchait ainsi comme un bourreau fatigué des coups portés. Elle reviendrait à la charge, bien sûr, mais pas tout de suite. C'est qu'ils finissaient par se connaître elle et lui.

Il fut très étonné, en sortant des toilettes, de retrouver Bernard en situation de madone, le bébé dans les bras.

— Qu'est-ce que c'est que ça ?

— Je ne sais pas !... Une dispute au bar. Il m'a pissé dessus, j'ai pas de pantalon de rechange...

L'enfant, dans sa couverture orange, avait le même regard étonné que Bernard.

— Qu'est-ce que c'est que cette histoire ?

À présent la jeune femme luttait avec les cent vingt kilos du patron qui lui barrait le passage.

— Mais laisse-moi passer, gros con ! Ma gosse, je reprends ma gosse et je me barre de votre sale bled de merde ! Je me casse !

Elle parvint à se faufiler, traversa la salle, récupéra l'enfant sans un mot de remerciement à Bernard et s'en fut du même pas volontaire. Le café avait re-froidi dans les tasses. Simon avala le sien d'un trait. Bernard avait encore les bras en forme de coque.

— Pendant un moment je t'ai vu en saint Christophe. C'est bon signe pour un chauffeur.

— Je pue !...

— Viens, on va s'occuper de ça.

Simon paya les consommations.

— Faut excuser, messieurs, ici y en a de plus en plus comme ça. Ça vit du travail des autres, RMI et compagnie. Et puis ils se reproduisent, on se demande pourquoi ?

Bernard marchait les jambes légèrement écartées. Simon le poussa dans un magasin assez chic, sans doute le seul de la ville.

— Il faudrait un costume pour ce jeune homme, quelque chose de sobre mais de son âge quand même.

Bernard regardait Simon, les yeux ronds.

— Un costume ?

— Eh oui, un jour ou l'autre il en faut un. Ce n'est pas pour toi mais pour moi. On ne conduit pas une Mercedes habillé comme tu l'es. On va croire que tu l'as volée.

Le costume tombait à merveille sur les épaules de Bernard et pourtant il lui semblait porter une armure. Il eut un mal de chien à s'installer derrière le volant sans froisser la veste.

— C'est mon premier costard, vous comprenez ?…

— Mais oui. Suffit de ne pas y penser. Dis-moi, que vas-tu faire en arrivant à la mer ?

— Ben… m'asseoir devant et la regarder.

— C'est une bonne idée. Je t'envie de découvrir la mer pour la première fois.

Les platanes hachaient la lumière de part et d'autre de la route. L'air qui passait par les vitres ouvertes sentait le grand loin. Bernard conduisait d'une main, la tête légèrement penchée sur l'épaule gauche.

— Monsieur Marechall, je peux vous demander ?

— Oui, quoi ?

— Vous étiez malade, tout à l'heure ?

— Un malaise. Souvenir d'Afrique, ou du temps perdu… l'âge… Mais qu'est-ce qui te prend ? Pourquoi t'arrêtes-tu ?…

Bernard avait stoppé sur le bas-côté et se retournait sur son siège.

— Là-bas, derrière la voiture rouge, c'est la fille

du café avec sa gosse. Le grand type est en train de la frapper !

— Et après ?

— Ben… Faut faire quelque chose.

— Ne te mêle pas de ça. Ça ne te regarde pas. Démarre.

— Je peux pas, monsieur Marechall. La gosse m'a pissé dessus, c'est un peu comme si j'étais de la famille.

— De la famille !… Non, ne bouge pas de là. Reste au volant et laisse le moteur tourner. Je vais y aller, ça ira plus vite.

C'est vrai que ça ne dura pas longtemps. Tout se déroula dans le cadre du rétroviseur : monsieur Marechall avançant tranquillement vers la voiture rouge, les mains dans les poches de son imper. Arrivé à la hauteur de la scène de ménage, deux ou trois mots à la jeune femme qui se met à courir en direction de la Mercedes, son enfant serré sur sa poitrine. Le grand type qui lève un bras, monsieur Marechall qui sort quelque chose de sa poche, le grand type qui lève l'autre bras et disparaît comme par enchantement dans le fossé. La femme au bébé qui s'engouffre dans la berline, rouge tomate, les cheveux en pétard, haletante, l'œil fou ; monsieur Marechall qui s'en revient du même pas tranquille, s'installe et attache sa ceinture en soupirant.

— Bon, qu'est-ce que tu attends ? Démarre ! Où faut-il vous déposer, madame ?

— Je… Je sais pas, plus loin.

Passé Montélimar la petite exprima par des cris intolérables une urgence alimentaire, ce qui les obligea à se garer sur une aire de repos. Tandis que la jeune mère s'occupait de la petite dans les toilettes, Simon fumait une cigarette, adossé à la portière, et Bernard jouait au foot avec une canette d'Orangina cabossée. Simon écrasa son mégot et releva le col de son imper.

— On va les déposer à Nîmes.

— Pourquoi à Nîmes ?

— Parce qu'on ne va pas se les trimballer jusqu'en Chine. Et puis c'est très beau, Nîmes.

— Mais si elles connaissent personne à Nîmes ?

— Que veux-tu que j'y fasse ? Nous leur avons porté secours, basta. J'ai du boulot, nous avons assez perdu de temps comme ça.

— C'est vrai, monsieur Marechall, boulot, boulot.

La canette habilement reprise de volée alla se perdre dans un buisson. Bernard leva les bras.

— But !… Monsieur Marechall ?

— Oui ?

— Comment vous avez fait avec le type ?

— Quel type ?

— Celui qui frappait la femme. Il était bien plus fort que vous.

— Je ne sais pas. Il a dû voir que je n'avais pas de temps à perdre. Bon, alors, qu'est-ce qu'elles fichent ?

— Il est pas ressorti du fossé…

— Il a dû se faire mal en tombant. Ah !… Les voilà. En route.

Le bébé est une sorte de tube ouvert aux deux extrémités. Par l'une on le remplit, par l'autre il se vide. Comme on venait de le remplir sur l'aire d'autoroute, il se vida à proximité d'Avignon. Malgré les vitres ouvertes, l'odeur était puissante. La merde, le sang et la putréfaction, Simon connaissait bien, c'était l'odeur de la guerre, il y était habitué. Mais ce caca-là, mêlé aux fragrances de lait aigre, le perturbait. À vrai dire ça ne sentait pas vraiment mauvais, cela tenait de l'étable, de la bergerie, du compost, qui vous ramenait à l'aube de l'humanité et vous donnait du vague à l'homme. Cependant, la présence à l'arrière de ces deux passagères impromptues commençait à l'agacer sérieusement. Elles n'étaient pas prévues et Simon avait horreur de l'improvisation.

— Cessez de la secouer comme ça, elle dégage encore plus.

— Je la secoue pas, je la berce. Sinon, elle va crier.

— Manquerait plus que ça !

Bernard ne disait rien mais sentait la tension monter.

— Comment elle s'appelle, au fait, la petite ?

— Violette.

— Ah, c'est joli !

Simon haussa les épaules en grinçant des dents.

— Elle n'en a pas le parfum, loin de là !

— C'est un bébé, monsieur Marechall, c'est naturel.

— C'est naturel ! L'amanite phalloïde aussi est naturelle, et la ciguë, et combien d'autres poisons ! Le monde est saturé d'enfants naturels. Les trois quarts n'auraient jamais dû voir le jour.

— Pourquoi vous dites ça ?

— Je le sais. La moitié de la planète crève de faim. Devraient bouffer leur progéniture, les pauvres, c'est de la protéine, comme ça, on règle les famines.

— Alors là, vous y allez un peu fort, monsieur Marechall, manger leurs enfants !...

— Et pourquoi pas ?

Violette se mit à pousser des cris perçants en gigotant dans sa couche souillée. Fiona, sa mère, la serra plus fort contre sa poitrine.

— C'est pas bien ce que vous dites là, monsieur. Elle a tout entendu... Mais non, mon poussin, maman ne te mangera jamais. Faudrait que je la change, mais j'ai plus de couches.

Simon se plaqua une main sur le front en soupirant profondément pour se calmer.

— Voilà ce qu'on va faire. Dans un quart d'heure on va arriver à Avignon. On vous déposera devant une pharmacie, un supermarché et on se dira au revoir. Chacun son chemin, d'accord ?

— Je connais personne à Avignon... Qu'est-ce que je vais faire avec la petite ?

— Ce que vous voudrez ! Vous êtes jeune, pas trop mal foutue, vous trouverez un autre type dans le genre de l'autre et ainsi de suite. Bernard, tu t'arrêtes dès que tu peux. On a assez perdu de temps comme ça.

— D'accord, monsieur Marechall.

Sur la banquette arrière, la petite s'était endormie, toute molle, la bouche ouverte. Fiona reniflait à petits coups. Des larmes lui vernissaient les pommettes. Bernard lui jetait des coups d'œil dans le rétroviseur. Ça faisait peine à voir. Elle lui rappelait cette fille… Liliane, qui n'était restée que quelques jours à l'usine. Ça lui avait suffi pour en tomber amoureux. Il ne s'était guère plus passé entre eux qu'un partage de gamelle à la pause déjeuner et un café avalé à la hâte au comptoir du Penalty, mais ça avait été quand même une vraie histoire d'amour. Elle avait ce même regard qui ne regarde rien, cette même peau des mal nourris qui marque à la moindre pression, et l'allure évasive de ceux qui ne font que passer. « Ma môme, ell' joue pas les starlettes / Ell' met pas des lunettes / De soleil / Ell' pos' pas pour les magazines / Ell' travaille en usine / À Créteil. » Jean Ferrat, quand même, il savait parler de ces choses-là…

— Bernard, on vient de passer devant une pharmacie, pourquoi tu ne t'es pas arrêté ?

— Je l'ai vue trop tard, et puis on a un camion qui nous colle.

On aurait pu être n'importe où. Tous les abords de ville se ressemblent, partout dans le monde. Zones aléatoires, industrielles et commerciales, des non lieux, *terra incognita* criblée de sigles lumineux promettant le bonheur éternel et absolu à tout acheteur de ceci ou de cela. Tant que l'on peut consommer, on est en vie. À en croire les innombrables véhicules stationnant avec la discipline d'une Panzer Division sur les parkings, on était en droit de se demander si le paradis était pour plus tard. Ici, on pouvait naître et mourir comme dans la vraie vie et tout cela en un temps record.

— Gare-toi, Bernard, il y a tout ce qu'il faut dans le coin. Eh bien au revoir, Fiona, bonne chance.

Fiona semblait regarder ailleurs, là où personne ne regarde. D'un doigt elle tortillait une mèche tombant de l'espèce de chignon qui lui servait de coiffure.

— J'ai pas d'argent.

Simon souffla par les narines, très fort, comme un buffle en plissant les yeux.

— Bernard, voilà cinquante euros, tu lui donnes et emmène-les mourir ailleurs, tu veux ?

— Bien, monsieur Marechall. Je les accompagne jusqu'à la porte.

— C'est ça.

Dans le cadre du pare-brise il les vit se diriger vers l'entrée d'Auchan. On aurait pu croire à une petite famille bien tranquille poussant son Caddie. Le soleil lui tombait sur les genoux. La nuque sur l'appui-tête, il se massa les tempes.

— Un jour, j'ai vu le jour… Que s'est-il passé ensuite ?

Toute la vacuité de sa condition en même temps que l'incongruité de sa situation lui sautèrent au visage. Qu'est-ce qu'il foutait là, au milieu de rien, à attendre un grand flandrin à moitié crétin ? Il avait un contrat à honorer et jusqu'à présent, il n'avait jamais failli à son devoir. À présent il se sentait mieux, au fond, il n'avait besoin de personne. Ces trois-là étaient de la même race, ils s'en tireraient très bien sans lui.

Simon se glissa derrière le volant et démarra. Comment sortait-on de ce dédale ? Il y avait bien des flèches dans tous les sens mais elles ne menaient jamais à rien. À force de tourner et retourner, il repassa fatalement par la case départ. Bernard, un énorme paquet de couches sous le bras, accompagné de Fiona et de Violette, le regardait revenir vers eux, pas plus étonné que ça, irréfutable d'innocence. Simon stoppa à leur hauteur.

— J'ai voulu faire le plein mais il y avait la queue. Bernard, reprends le volant. Montez.

L'autoroute tranchait par le milieu un paysage quasi lunaire de garrigue et de roche sèche. Il était onze heures et le soleil commençait à taper comme un boxeur aveugle.

— … et pendant que vous serez à vos affaires, je m'occuperai de leur trouver un petit hôtel, pas cher, mais bien. Qu'est-ce que vous en pensez, monsieur Marechall ?

— Je m'en fous, je ne veux plus les revoir.

— Vous en faites pas, monsieur Marechall. C'est moi qui paierai, sur ma paye.

À l'arrière, Fiona hochait la tête en regardant défiler les collines arides.

— On peut pas mettre de la musique ? Ça endort Violette.

— Je peux, monsieur Marechall ?

Sur Radio Nostalgie Dalida poussait son pathétique *Ciao amore*… Simon s'endormit avant la petite.

— Hé, monsieur Marechall, faut vous réveiller, on arrive.

Simon ouvrit un œil et le referma aussitôt, agressé par l'éclat du soleil qui barbouillait le pare-brise de couleurs violentes. On aurait dit de l'art forain. Il arrive un âge où le sommeil est un luxe rare, on le quitte toujours à regret. Ni rêve, ni cauchemar, il n'avait fait aucun songe, ce qui lui semblait être l'état de grâce par excellence, comme de n'avoir jamais existé. À présent il lui fallait réintégrer cette malheureuse enveloppe faite de peau molle recouvrant des muscles fatigués collés à une ossature grinçante, remettre en marche un minimum de pensées, de fonctions, qui lui paraissaient à cet instant précis absolument dénuées d'intérêt.

— Je vais où, maintenant ?

— Au Grau d'Agde. Tu longes l'Hérault, à droite.

— Ah oui, c'est indiqué… Dites donc, c'est pas beau, ça ?

— Quoi ?

— Les deux qui dorment à l'arrière. On dirait une image de première communion.

— Tu te souviens de ce que je t'ai dit ? Je ne veux plus les revoir. Tu vas nous trouver un hôtel correct. On repart demain.

— Vous en faites pas, monsieur Marechall, pas de problème. Voilà, on y est au Grau machin.

— Bon, tu vas me déposer là. On se retrouve dans… à seize heures pile, à l'aquarium. OK ?

— J'y serai, sans faute. Ah, monsieur Marechall, je voulais vous dire… Je suis rudement content d'être là, merci.

— La mer c'est tout droit, en bas du boulevard. Seize heures.

La voiture disparut, laissant Simon vaguement désemparé sur le trottoir que le soleil martelait à petits coups pugnaces. Une fraction de seconde il regretta de n'être pas ce grand couillon qui se croyait en vacances, même avec deux doigts en moins. Il ne retrouva son obscur univers qu'après avoir chaussé ses lunettes noires.

Chez le premier fleuriste venu il acheta treize roses rouges.

— Treize ? En principe on en achète une douzaine.

— Moi, c'est treize.

Tandis que la vendeuse pimpante malgré un bec-de-lièvre habilement recousu préparait son bouquet, Simon se laissait porter par l'atmosphère humide et chaude, épicée de fragrances exotiques, qui le ramenait bien loin en arrière, dans ces forêts d'Indonésie qu'il avait tant aimées. Là-bas aussi, il aurait pu rester… En fait il aurait pu vivre partout ailleurs que là où il était. Quel destin absurde !

— Vingt-six euros, s'il vous plaît.

Dehors il consulta son plan. L'impasse du Lavandin n'était qu'à quelques rues de là où il se trouvait. Il ne croisa personne. Par les fenêtres ouvertes on percevait la musique du générique d'une série allemande qui à cette heure engourdissait les cerveaux déjà bien éprouvés des retraités occupant villas et résidences aux noms odoriférants : des Acacias, Mimosas, Pins, Tamaris. Pour dire vrai, ça sentait le cimetière avec çà et là des effluves de pommade révulsive de bandages herniaires et de barbecue.

Le 4, impasse du Lavandin était un pavillon de style indéfini, une sorte de boîte à chaussures datant des années soixante affublée d'une terrasse néoromaine disproportionnée. Le tout était cerné d'un haut mur hérissé de tessons de bouteille sertis dans le ciment. À côté de la grille, sur une boîte aux lettres au nom de J.-P. Bornay, un haut-parleur vous invitait à décliner votre identité sous peine de vous faire dévorer par le CHIEN MÉCHANT immortalisé sur un panneau de céramique, langue pendante, crocs avides. Simon appuya sur le bouton rouge. Une voix déformée par les interférences électriques et accompagnée de jappements hystériques lui répondit :

— C'est pourquoi ?

— Monsieur Marechall, je suis un collègue de Jean-Pierre, votre époux. J'ai quelque chose à vous remettre de sa part.

— C'est quoi ?

— Des fleurs, je crois.

— Des fleurs ???

— Si vous voulez bien m'ouvrir, je suis de passage,

je n'ai pas beaucoup de temps.

Elle devait en avoir car il lui fallut attendre cinq bonnes minutes avant que la grille émette un déclic.

Des dalles de pierres asymétriques, pareilles aux pièces d'un puzzle, vous permettaient de franchir à gué une pelouse fraîchement tondue d'où jaillissaient ici et là les lames acérées de bouquets de plantes grasses et des touffes confuses de fleurs encore immatures. La porte en verre dépoli et sans doute à l'épreuve des balles, protégée par une grille d'acier, s'entrouvrit, libérant à la fois des élucubrations télévisuelles et un yorkshire monté sur ressort. Dans la coulée d'ombre de l'entrée, apparut le visage mal pétri d'une femme aux yeux cernés par tout un tas de soucis. Simon tendit son bouquet en souriant. La femme ne le prit pas tout de suite, l'œil suspicieux, la narine palpitante.

—Y a pas de carte ?

—Si ! Excusez-moi, elle est dans ma poche. Vous permettez ?

La femme prit le bouquet du bout des doigts tandis que Simon sortait de sa poche le dernier message de Jean-Pierre Bornay à son épouse, une balle entre les deux yeux. Elle bascula, happée par l'ombre de son entrée, le corps jonché de treize roses rouges. Le ratier, après avoir tourné deux ou trois fois sur lui-même histoire de comprendre les étranges règles de ce jeu, se mit à lécher à grands coups de langue le front de sa maîtresse. Simon se baissa, coupa une rose qu'il glissa dans la boutonnière de son veston comme c'était sa coutume, se redressa en grimaçant et d'un coup de crosse assomma le chien qui commençait à s'en prendre au bas de son pantalon. Voilà, Jean-Pierre Bornay allait à présent pouvoir convoler en justes noces avec sa secrétaire. Du boulot vite fait bien fait comme à son habitude. Simon pouvait à présent décrocher sans honte.

À mesure qu'il quittait ce quartier mouroir où les vieux s'éteignaient en général d'eux-mêmes, la vie reprenait ses droits. Les voitures klaxonnaient, les gens se pressaient, se bousculaient, s'injuriaient, s'ignoraient. C'était bon.

Simon ne trouva aucune cabine téléphonique en état de fonctionner, les portables les ayant toutes rendues obsolètes. C'est d'un café qu'il appela son employeur.

— C'est fait, cinq heures à l'aquarium… Comment ça, pas possible !… Je n'aime pas ça !… Demain à l'ouverture, neuf heures trente, et pas de blague !

Ce contretemps fâcheux le contrariait prodigieusement mais il s'installa quand même à une table et commanda une Suze. Comme les treize roses rouges, cela faisait partie d'un rituel auquel il n'aurait jamais dérogé. Ça lui venait de son père, un mineur de Doullens qui lui avait inculqué le goût du travail bien fait et la satisfaction de la tâche accomplie. C'était une sorte d'hommage qu'il rendait à cet homme admirable qui lui avait lâché la main en plein vol, les poumons rongés par la silicose alors que Simon atteignait ses douze ans. Si son père n'avait pas refusé catégoriquement qu'il prenne le même chemin que lui, les entrailles de la terre, il serait aujourd'hui ingénieur, ou mort, ou chômeur. Durant toute son enfance, Simon s'était délecté des aventures mystérieuses au fond des gouffres que le vieux lui contait en crachant du charbon dans son mouchoir. Les coups de grisou, la fraternité, les grèves, tout cela tenait à la fois de Zola et de Jules Verne. C'est sans doute pour trouver l'équivalent de cette vie qu'il s'était engagé à dix-huit ans dans l'armée. Tout le monde dans son entourage fut déçu de sa décision car c'était un élève brillant à qui l'on promettait un bel avenir. Mais qu'est-ce qu'un adulte qui ne réalise pas ses rêves d'enfant ?

Il prit vite du galon mais se rendit rapidement compte que l'aventure n'était que rarement au rendez-vous. S'il lui était arrivé d'avoir à creuser la terre, ce n'était pas en quête de trésors mais pour y ensevelir des corps raidis, par paquets de douze, des fagots humains. Ce n'était pas plus attrayant que d'être employé aux pompes funèbres.

La Suze lui parut plus amère que d'habitude, les bruits autour plus intenses, les couleurs plus vives. Tout était trop fort pour lui, comme ces vagues de chaleur ou de froid qui se succédaient à un rythme lancinant. Une nouvelle crise s'annonçait. La blancheur immaculée de la faïence des toilettes l'apaisa un instant alors qu'il se vidait la vessie à côté d'un type en jogging bleu.

— Mon lieutenant ?

— Pardon ?

— Vous n'êtes pas le lieutenant Marechall ?

— Pas du tout, vous faites erreur.

— Excusez-moi, j'ai cru un instant que…

— Il n'y a pas de mal, ça arrive. Au revoir.

Picot, il venait de pisser à côté de cet abruti de Picot, mercenaire petit bras, assassin sans envergure qu'il avait néanmoins tiré d'un marécage en Birmanie. Décidément, le monde rétrécissait autour de Simon, bientôt lui-même serait de trop.

Le requin noyait son spleen dans sa cage de verre. Il tournait dans un sens, puis sans raison dans un autre, ignorant superbement les méduses opalines et les bancs de poissons multicolores qui surgissaient çà et là de touffes d'algues molles. La vie aquatique n'avait rien à envier à la vie sur terre, on devait s'y ennuyer autant. La preuve en était que certains amphibiens hésitaient entre l'une et l'autre depuis des millénaires sans parvenir à se décider, tels ces crocodiles sous Valium dont les yeux mi-clos affleuraient à la surface de leur mare boueuse. Tout comme Simon qui les observait, tous semblaient en stand-by, en attente d'un ailleurs toujours repoussé. Des gamins hystériques s'écrasaient le nez et frappaient de leurs affreuses petites mains potelées sur les parois de verre des bassins. Leurs cris perçants réduisaient à néant le monde du silence. On sentait chez certains parents à bout de nerfs l'envie de les plonger sans aucun remords dans la cuve où barbotaient les piranhas. Probablement, la fin du monde serait aussi verdâtre que l'aube de l'humanité.

— Monsieur Marechall ?... Ça n'a pas l'air d'aller...

— C'est l'éclairage qui donne mauvaise mine. Tu as trouvé un hôtel ?

— Mieux que ça ! On y va ?

Le passage de l'ombre à la lumière provoqua chez Simon une sorte d'incandescence qui le fit tituber jusqu'à la voiture.

— Vous allez voir, monsieur Marechall, un petit coin de rêve !

— Je n'ai pas envie de rêver, juste de dormir, je suis fatigué.

— Pas de problème ! En route pour le paradis.

Ils roulèrent un petit quart d'heure. Simon avait fermé les yeux et ne les rouvrit que quand il sentit la voiture ralentir.

— Qu'est-ce que c'est que ça ?... Un camping ?...

— Pas n'importe lequel, monsieur Marechall, un trois étoiles et puis vous en faites pas, on va pas dormir sous la toile.

Sous les pins alignés comme une armée, ils longèrent une pléthore de caravanes de la plus petite à la plus grande pour aboutir devant un mobile home aussi chaleureux qu'un frigo.

— Non mais tu te fous de moi ou quoi ?...

— Attendez de voir, monsieur Marechall, la mer est juste derrière, à cinquante mètres, y a tout le confort moderne et puis c'est vachement moins cher que l'hôtel.

— Mais je me fous du prix ! Je t'avais dit un hôtel !

— Vous énervez pas, monsieur Marechall. Si ça vous plaît pas, on s'en va. Mais venez jeter un coup d'œil quand même. C'est mieux qu'un hôtel, y a une cuisine, une douche, tout comme à la maison.

Simon n'avait plus la force de résister. Empêtré

dans les ficelles qui le maintenaient tant bien que mal en vie, il suivit Bernard.

— Alors là, la cuisine, plaque chauffante, micro-ondes, frigo, eau chaude, eau froide. La salle de bains, avec les serviettes et tout. Là, votre chambre. Suffit de tirer la cloison et vous êtes chez vous. Moi, je dormirai dans l'entrée, y a un canapé-lit qui se déplie. C'est pas beau tout ça ?… Regardez par la fenêtre, la plage, la mer… Vous aviez raison, c'est quelque chose, toute cette flotte, c'est pas croyable !…

Simon se laissa tomber les bras en croix sur le lit. Toute résistance eût été vaine.

— Ça va pas fort, hein, monsieur Marechall ?… Je vais vous laisser vous reposer. Je m'occupe de tout. J'ai repéré des commerçants, ça vous dirait des moules pour ce soir ?… Prenez votre temps. Je retrouve Fiona et la petite à la plage, ensuite je vais faire les courses.

— Elles sont là ???

— Pas dans le même mobile home, je suis pas débile, je leur en ai loué un, juste à côté. Laissez-moi faire, vous allez être comme un coq en plâtre.

— En pâte.

— Si vous voulez. Alors, vous êtes content ?

— Très. Fiche le camp.

— Reposez-vous bien, monsieur Marechall, à tout à l'heure. Dites… Je sais pas comment vous remercier pour toutes ces choses que je vis avec vous, la mer, l'aventure…

— Disparais.

Le lit était dur et froid malgré la couverture en chenille vert épinard. L'oreiller semblait en carton.

Cela n'avait plus d'importance, Simon n'avait d'autre ambition que d'échapper à son corps. Il y parvint après avoir avalé une poignée de pilules qui lui bétonnèrent le cerveau et le rendirent parfaitement étanche. Au fond, il n'était pas plus mal ici qu'ailleurs. Il ne se sentait ni bien ni mal, il ne se sentait plus. L'abus des détergents servant à éradiquer la présence des précédents occupants du mobile home vous procurait une curieuse sensation de virginité.

Simon ne dormit pas vraiment, juste un demi-sommeil, un « entre-deux-eaux » qui lui avait donné envie de se laisser pousser des écailles pour ressembler aux grands sauriens de l'aquarium. Les rayons du soleil couchant apportaient à sa chambre des rougeurs de jeune fille. Sa montre proposait dix-huit heures douze. Il l'accepta.

Dehors, la brise exhalait une haleine de pin et d'iode. Comme chacun fait en arrivant sur une plage, il retira ses chaussures, ses chaussettes, retroussa le bas de son pantalon et s'en fut jusqu'à l'eau.

Elle était là, fidèle, reflétant les copeaux cuivrés du soleil, bavotant une écume blanche en perpétuant les potins du temps passé à ne rien faire. Dans cet univers où toutes verticales semblaient abolies, il se laissa choir sur la grève, ses chaussures posées à côté de lui, comme s'il attendait le Père Noël. Un ballon rouge vint rebondir auprès de lui. Un petit garçon et son père lui couraient après. Ils avaient l'air heureux, le ballon surtout. Le soleil déployait des trésors d'imagination pour faire de ce ciel désespérément pur un spectacle attractif en frangeant de rayons d'or un malheureux petit nuage qu'aucun orage n'avait voulu adopter.

—Ça va ?

Fiona se dressait derrière lui, en contre-jour, telle la statue du Commandeur, la petite posée comme une verrue sur ses épaules.

—Qu'est-ce que ça peut vous faire ? Où est Bernard ?

—Parti faire des courses. Je peux m'asseoir ?

—La plage est à tout le monde.

Elle portait un T-shirt rouge et un short blanc. Elle avait de jolies jambes. La petite fixait l'horizon avec tout le sérieux que les enfants peuvent porter à ce genre de spectacle. Le ciel et la mer se refermaient comme les deux lèvres d'une plaie sanglante.

—Il est gentil, Bernard.

—…

—Vous êtes de la même famille ?

—Non.

—Ah, je croyais. C'est peut-être parce qu'il vous admire qu'il vous ressemble. Il marche comme vous, fronce les sourcils comme vous… On finit par ressembler à ceux qu'on aime, non ?

Simon regardait ses pieds, blêmes, presque bleus, avec un oignon au pouce gauche et des ongles racornis. La marque de l'élastique des chaussettes cernait ses chevilles. Il les enfouit dans le sable encore tiède. S'il avait été seul, peut-être se serait-il enterré complètement.

— Pourquoi vous ne m'aimez pas ?

— Pourquoi je vous aimerais ? Je n'ai rien à faire de vous.

— Alors pourquoi vous m'avez tirée d'affaire sur la route ?

— À cause de Bernard. Il s'y serait pris comme un manche. Je n'avais pas de temps à perdre. Dites, ça ne vous ferait rien de me foutre la paix ?

— Bon, ça va ! Vous avez raison de les cacher, vos pieds, ils sont moches.

À côté de Simon, l'empreinte des fesses de Fiona formait deux petits cratères parfaitement ronds sur le sable gris.

À vingt heures précises, le générique du journal télévisé parcourut la rangée de caravanes et de mobile homes comme une traînée de poudre et le visage poupin du présentateur se multiplia en une vision abyssale d'écran en écran. Il faisait très doux et la plupart des estivants avaient choisi de dîner dehors. Bernard était aux fourneaux, Fiona mettait le couvert et Simon entamait un bras de fer, les yeux dans les yeux, avec la petite Violette coincée à l'aide de coussins sur un fauteuil de camping face à lui. On entendait des bouchons sauter, des rires, et des odeurs de cuisine variées se mêlaient à l'air du soir. La situation semblait tellement insolite à Simon qu'il n'avait même pas cherché à se rebeller quand Bernard lui avait annoncé que ce soir ils seraient trois et demi à dîner. Il n'y avait rien à dire, rien à faire si ce n'est la gueule. Il se sentait comme un acteur dramatique égaré sur le plateau d'une gentille petite bluette. C'était abscons mais il était trop tard pour reculer. Le metteur en scène facétieux qui dirigeait les opérations avait déjà lancé le mot : « Moteur ! »

Bernard apporta les moules et servit à chacun une part copieuse. Le couple qu'il formait avec Fiona semblait exister depuis des années. Ils en avaient tous les tics, les clins d'œil complices, les gestes prévenants comme quand Fiona aidait Bernard à décortiquer les mollusques que sa main bandée peinait à maintenir. Simon en suçota trois ou quatre et but à lui seul la moitié de la bouteille de vin blanc. Le front barré d'une ride profonde, il méditait sur cette erreur de casting qui faisait de lui un étranger au paradis. Par une étrange coïncidence, on venait d'annoncer au JT le décès de Gloria Lasso dont le titre phare était justement : *Étrangère au paradis*. Cette chanson avait servi de leitmotiv aux quatre années qu'il avait passées dans les Aurès à traquer le fellagha. On l'entendait partout, dans les casernes, sous les tentes, dans les bordels, dégoulinant des premiers transistors que chaque soldat collait à son oreille, le cœur chaviré de nostalgie et de bière tiède.

— C'était qui, Gloria Lasso ?

— Sais pas. Je te ressers des moules ?

C'était si loin !... Simon finissait par se demander s'il avait vraiment vécu tout ça. Probablement puisque c'était là-bas qu'il avait appris à tuer. Tout allait si vite. Son présent même n'était plus visible que dans un rétroviseur.

— Vous finissez pas vos moules, monsieur Marechall ?

— Trop fatigué. Je vais me coucher. N'oublie pas, demain huit heures !

— Sans faute monsieur Marechall, bonne nuit.

Il était à peine entré dans le mobile home que Bernard et Fiona l'entendirent tousser et vomir dans les toilettes.

—Tu crois que c'est mes moules ?

—Mais non, elles sont très bonnes. C'est lui, il est malade ton monsieur Marechall.

—Malade de quoi ?

—La maladie de la mort. Ça se voit sur sa gueule et ça date pas d'hier. Il a jamais su aimer, cet homme-là.

—Je suis pas d'accord, je crois qu'il m'aime bien.

—Peut-être... Peut-être qu'il a aimé mais il a dû se prendre un tel râteau qu'il ne s'en est jamais remis. Fais gaffe à lui. Un homme qui se noie veut jamais partir seul.

Le ciel et la mer rivalisaient d'immensité en s'échangeant des poignées d'étoiles.

—J'ai un peu froid. Violette s'est endormie, je crois que je vais rentrer.

—Je t'accompagne.

Quelques télés ronronnaient encore mais la plupart étaient éteintes. Bernard, la petite dans les bras, se sentait prêt à traverser le monde de part en part sans jamais faillir. Toute cette énergie venait de cette petite boule de pâte humaine chaude et molle qu'il serrait contre lui, et de la vision lunaire des fesses de Fiona moulées dans son short blanc.

—Si tu veux, tu peux venir.

—C'est gentil, mais non. C'est pas que j'ai pas envie, mais je m'inquiète pour monsieur Marechall, il compte sur moi. À demain ?

—C'est ça, à demain.

Les lèvres de Fiona...

Monsieur Marechall dormait en diagonale sur le lit dévasté, la bouche ouverte, en caleçon, maigre, un grand lapin dépiauté. Comme Bernard le faisait pour sa mère, il le remit d'aplomb, cala un oreiller sous sa tête et tira la couverture jusque sous son menton. Bernard n'avait pas sommeil. Si la vie se montrait envers lui aussi généreuse chaque jour, il ne dormirait plus jamais. Elle pétillait dans son sang comme du champagne. C'était encore mieux que le jour où il avait eu son permis parce qu'il n'était saoul que d'un bonheur limpide, inaltérable.

Après s'être assuré que tout était en ordre, il se rendit sur la plage martelée par les pas des promeneurs. Il y en avait des milliers qui allaient et venaient dans toutes les directions, des empreintes d'enfants, d'adultes, de chiens que la clarté de la lune rendait presque vivantes. C'était aussi émouvant que ces traces de mains couvertes d'argile rouge qu'on découvrait sur les parois des grottes préhistoriques. Elles n'étaient sans doute pas aussi anciennes mais elles se renouvelaient chaque jour et c'est ce qui les rendait immortelles. Un pochon de plastique blanc gonflé par un souffle de vent s'éleva, telle une petite montgolfière, et s'évanouit derrière un buisson. Avec Fiona, ça pouvait commencer à ressembler à une histoire d'amour. En plus elle avait un bébé qu'il n'avait même pas eu besoin de faire. En revanche, il en allait autrement avec monsieur Marechall. Il s'inquiétait pour lui. Qu'est-ce que c'était que cette maladie de la mort ?... Peut-être une conséquence de sa profession ? C'est qu'il l'aimait bien ce vieux bougon. À force de manquer de père on finit par s'en fabriquer un et celui-là lui convenait.

Bernard s'allongea sur le sable qui moulait parfaitement sa silhouette. La mer clapotait, les étoiles chuchotaient. Tout était à sa place, immobile, jusqu'à ce qu'un petit con de satellite vert clignotant ne le rappelât au temps qui passe. Demain, monsieur Marechall avait un important rendez-vous, à neuf heures trente précises, et ensuite… il faudrait dire adieu à Fiona, à Violette et s'en retourner à la case départ, Vals-les-Bains. Il ne lui disait rien du tout ce lendemain qui rabâchait ce mauvais refrain. À moins… Rien ne l'empêchait de raccompagner monsieur Marechall à Vals et s'il avait bien fait son boulot, il pouvait même espérer un petit rab, de quoi revenir ici. Il avait loué le mobile home de Fiona pour trois semaines. En trois semaines, quand on est motivé, on peut faire son chemin…

La lune avait le sourire de Fernandel tandis qu'il emboîtait un à un ses petits Lego d'espérance.

— Et au fond de la mer, vous y avez été, monsieur Marechall ?

— J'ai fait de la plongée en mer Rouge.

— Ah… C'est vraiment rouge ?

— Non.

— C'est comment, alors ?

— Comme là où on va.

— L'aquarium… Je vous demande ça parce que j'ai fait un rêve cette nuit. J'y étais, au fond de la mer. Je respirais pareil que sur terre. Tout était lent, doux, silencieux et chaud, comme dans une sorte de ventre. Il y avait d'autres bêtes et des algues bizarres qui ondulaient. On se croisait, on se frôlait, on se faisait des petits bonjours. Le calme, la paix, quoi. Et puis d'un coup je me suis senti aspiré vers le haut. J'avais beau me débattre, impossible de résister. J'avais des bulles plein la bouche et, VLAN ! Je me cogne à la surface de l'eau qui était comme gelée, aussi lisse et dure qu'un miroir. Je tambourinais dessus, mais je t'en fous ! Pas moyen de sortir ni de redescendre.

— Et alors ?

— Rien. Je me suis réveillé.

— C'est con les rêves.

— Oui, monsieur Marechall, c'est con les rêves. Pourquoi on rêve ?

— Parce que la vie ne suffit pas. Gare-toi là, juste devant et laisse tourner le moteur. Si je ne suis pas revenu dans dix minutes, tu descends me chercher.

— Au même endroit qu'hier, devant le requin ?

— Au même endroit.

— Vous voulez pas que je vous accompagne ? Vous avez pas l'air bien.

— Dans dix minutes.

Entre le rêve et la réalité il n'y avait que l'épaisseur du pare-brise. C'était peut-être un reste de sa nuit, mais devant Bernard, hommes, choses et bêtes semblaient évoluer au ralenti. Un gardien venait juste d'ouvrir la grille de l'aquarium quand monsieur Marechall s'y engouffra.

Il n'y a rien de plus chiant que quelqu'un qui vous raconte ses rêves. Simon vissa le silencieux au canon de son pistolet et attendit dans l'ombre d'un angle mort. Le squale perpétuait son itinéraire giratoire, indifférent à tout jusqu'à sa propre existence. Les minutes s'égouttaient sur le fil blanc du temps. Les jours de lessive Simon regardait sa mère étendre le linge dans la cour de la maison. La poche de son tablier était remplie de pinces en bois. Elle en gardait toujours une entre les dents. Chemises, bleus de travail, caleçons, tricots décolorés se balançaient comme les drapeaux d'un navire en détresse pour ne pas dire d'un radeau. Pas un accessoire de cette lingerie pathétique qui n'était rapiécé, raccommodé. Ça lui faisait honte de voir tout ce dedans dehors. Cela dit, le spectacle était le même dans chaque jardinet des petites maisons de briques collées les unes aux autres. Elles avaient beau frotter et frotter toutes ces braves femmes, le linge n'était jamais vraiment propre à cause du ciel de suie.

Une silhouette apparut en haut des escaliers. Ce n'était pas Jean-Pierre Bornay. Le type était grand et maigre. Simon serra plus fort la crosse de son arme et fit un pas en avant. L'homme l'aperçut et suspendit son pas dans une attitude de héron.

— Marechall ?

— Où est Bornay ?

— Pas pu venir. Je le remplace.

Simon le laissa approcher jusqu'à un petit mètre de lui. Même de face ce mec avait l'air de profil. On ne lui voyait qu'un œil aussi rond et froid que celui du requin.

— Vous avez l'enveloppe ?

— Oui, tenez...

De sa main gauche il la lui tendit, mais la droite restait invisible.

— Ouvrez-la.

L'œil du type s'arrondit un peu plus en même temps qu'un tic nerveux lui retroussait le coin de la bouche. Simultanément Simon détourna le revolver braqué sur lui et tira au travers de sa poche. La balle perdue de l'inconnu alla étoiler le bassin des piranhas qui mit quelques secondes avant d'éclater, vomissant une vague presque compacte d'algues, de racines, d'éclats de verre et de poissons frétillants. L'homme s'écroula, les mains sur le ventre, d'abord à genoux puis sur le côté. Simon se baissa pour récupérer l'enveloppe trempée. En se redressant il aperçut Bernard, pétrifié sur la troisième marche devant le spectacle qui s'offrait à lui. Aux pieds de monsieur Marechall se tordait un homme dans une eau rouge où grouillaient et bondissaient de drôles de petits poissons, juste des bouches dentelées avec une queue qui fouettait l'obscurité. Une sonnerie retentit. Monsieur Marechall bondit sur Bernard et l'entraîna par le coude.

— On fout le camp !

Dans l'escalier ils bousculèrent le gardien hébété qui balbutiait : « Qu'est-ce qui se passe ?… Qu'est-ce qui se passe ?… »

Le passage de l'ombre à la lumière les fit tous deux chanceler. C'est presque à l'aveuglette qu'ils retrouvèrent la voiture et s'y engouffrèrent.

— Démarre, merde ! Démarre !…

Bernard cala deux fois avant de pouvoir engager l'auto dans le flot de la circulation.

— Où je vais, monsieur Marechall, où je vais ?

— Au camping. Retourne au camping.

Simon soufflait très fort par le nez et parlait entre ses dents, les mâchoires soudées l'une à l'autre.

La ville n'avait rien vu, rien entendu. Les passants passaient, les chiens pissaient, les arbres poussaient.

À l'intérieur du mobile home, les coudes sur la table, Simon fixait d'un œil noir la liasse de billets de Monopoly détrempés que contenait l'enveloppe.

— L'enfoiré… L'enfoiré…

Debout à ses côtés, bras ballants, Bernard opinait du chef sans toutefois rien comprendre aux événements qui s'étaient déroulés depuis le début de la matinée. C'était comme si son rêve de la nuit se poursuivait, incohérent, aussi mystérieux et insondable que les fonds marins. On frappa à la porte. Bernard cessa son mouvement de métronome et ouvrit. Les visages de Fiona et de Violette apparurent tout auréolés du soleil de onze heures.

— Bonjour, bien dormi ?

Bernard fit une grimace qui pouvait passer pour un sourire. Simon ne leva même pas la tête.

— Je me disais que si vous étiez toujours là à midi je pouvais faire un barbecue, il y a tout ce qu'il faut dans la caravane, même du charbon de bois.

Bernard se tourna timidement vers Simon dont on ne voyait que l'arrondi du dos.

— Monsieur Marechall ?…

— Foutez le camp. Toi aussi.

— D'accord, monsieur Marechall. Je suis à côté, si vous avez besoin de moi…

— Casse-toi !

Ce n'était pas la première fois qu'on lui faisait un coup tordu, mais comme ce contrat devait être le dernier de sa longue carrière, il en éprouvait une amertume toute particulière. Et tout ça à cause d'un petit assureur minable qui avait voulu jouer au plus malin. Sa main se crispa sur la liasse qui rendit quelques gouttes d'un jus verdâtre. Personne ne finit en beauté, personne ; mais dans un camping, au cap d'Agde, escorté d'un grand benêt qui ne pensait qu'à jouer au papa et à la maman en faisant griller des saucisses sur la plage, il y avait de quoi hurler de rire ! C'était pitoyable. Il allait lui faire bouffer les billets de Monopoly au J.-P. Bornay, toute la liasse, tassée au fond de la gorge !...

Le problème était que toute sa rage et son humiliation rassemblées ne parvenaient pas à agir sur son corps fourbu. C'est tout juste s'il parvint à soulever son cul de plomb pour aller s'affaler sur le lit les bras en croix. « T'es vieux, mon pauvre vieux, usé comme les fonds de culotte de ton père. Tu as largement assez d'argent de côté, quant au Bornay, un de plus, un de moins, qu'est-ce que ça peut foutre ? Laisse tomber. Tu as eu une existence bien agitée, offre-toi une vieillesse paisible. »

Simon se plaqua les mains sur les oreilles, ferma les yeux et serra les dents.

Le visage hilare de l'Antillaise apparaissait et disparaissait à mesure que la bouteille de Négrita roulait sur le sol. Une fois bloquée contre la plinthe on ne voyait plus sur l'étiquette que son gros anneau dans son oreille et un fond de rhum qui allait et venait du cul au goulot. La même petite vague suivait le mouvement dans le regard trouble d'Anaïs vautrée sur son canapé. La bouteille lui avait échappé des mains alors qu'elle la portait à sa bouche.

— M'en fous, j'en ai une autre.

Seulement, pour l'atteindre, il aurait fallu se lever, aller jusqu'à la cuisine, se pencher sous l'évier, et Anaïs n'en était plus capable. Tout lui semblait hors de portée. Le monde s'éloignait d'elle chaque jour davantage. Ce n'était pas à cause du téléphone que ce petit con de Bernard ne pouvait pas lui donner de nouvelles. Il savait comment la joindre, un coup de fil chez Fanny, la voisine et... Mais je t'en fous! Sa vieille mère pouvait bien crever la gueule ouverte, ça ne l'empêchait pas de faire la bamboula avec son vieux singe! Et puis merde! Qu'ils aillent se faire foutre, tous autant qu'ils étaient!...

— Qu'est-ce que t'as à me regarder, toi, avec tes yeux de poisson crevé, pauvre conne!

Stoïque, la négresse diffusait ses soixante watts de

sous son abat-jour de raphia poussiéreux. Elle en avait tant vu des séances de ce genre, presque chaque soir, aux environs de dix-neuf heures.

— Un jour je mourrai et vous serez tous bien emmerdés ! « Où elle est, Anaïs ? Où elle est ?... » Eh ben, y en aura plus, d'Anaïs ! Salut la compagnie ! Plus d'abonnée à vos conneries, à vos saloperies, à vos coups bas !... Je serai là-haut, tout là-haut, là où il y a un grand trou à la place du bon Dieu et je m'assoirai sur son trône à ce vieux con et c'est moi qui me mettrai aux commandes, je pourrai pas faire pire que lui. Ça sera à mon tour de me fendre la poire en tirant les ficelles, ça oui !... Et puis non, tiens, je laisserai tout tomber. Je ferai des chapeaux à plumes pour les anges et ceux qui voudront pas les porter je les enverrai griller en enfer, comme des poulets ! Et que je te tournerai la broche et que je tournerai, tournerai...

Le mouvement rotatif de son bras droit, sans doute trop impétueux, la fit tomber au bas du canapé.

— Putain, je me suis fait mal !...

Une faune microscopique inconnue d'elle jusqu'alors se rassembla autour de son corps comme les Lilliputiens autour de celui de Gulliver. Il y en avait de toutes sortes, des ébauches de création, des brouillons, des prototypes plus ou moins grotesques auxquels on n'avait pas jugé nécessaire de donner un nom. Tous semblaient aussi étonnés qu'elle de cette rencontre.

— C'est marrant, ça, on se croit seule, et puis non.

Anaïs s'endormit comme une baleine échouée en ronflant au milieu de ce petit peuple parallèle que seuls côtoient les alcooliques et les saints.

Les merguez se recroquevillaient sur le gril, suintant une huile couleur de rouille qui attisait les braises. Fiona les retournait à l'aide d'une longue fourchette, cambrée en arrière, la main en visière pour se protéger de la fumée.

—Moi je vais te dire, ton monsieur Marechall, il tue pas que des cafards.

Bernard faisait machinalement sauter Violette sur son genou sans avoir touché au verre de rosé que Fiona venait de lui servir. Il avait eu du mal à lui relater chronologiquement les différents épisodes de la matinée. Tout était si confus, son rêve, l'aquarium, le corps de l'homme agonisant au milieu des piranhas, les billets de Monopoly... Ça n'avait ni queue ni tête. En quarante-huit heures il avait basculé dans un autre univers où seules Violette et Fiona semblaient crédibles et il s'y accrochait comme un naufragé à une planche de salut.

—Coupe du pain, tu veux ?... C'est un tueur, ce mec, un tueur à gages, comme dans les films. Sauf que c'est pas un film.

Bernard n'arrivait pas à détacher ses yeux de la lame du couteau dont Fiona se servait pour trancher les tomates en rondelles parfaitement régulières. Jamais il n'aurait pensé que la vie fût à ce point hérissée de dangers. Il serra plus fort Violette contre lui. Sa vulnérabilité le protégeait, pour rien au monde il n'aurait voulu la lâcher. Elle était devenue son bouclier, son gri-gri.

Elle, se débattait mollement dans ses langes, les yeux, la bouche, le nez, les oreilles et chaque pore de sa peau grands ouverts à toutes ces sensations nouvelles qu'elle enregistrait comme une sorte d'ordinateur organique. Elle ne pensait à rien, n'envisageait rien, ne se posait pas de questions et par conséquent ne perdait pas son temps à chercher des réponses. Elle se contentait de remuer bras et jambes, à la manière d'un scarabée renversé. Seule comptait sa survie. Il y avait le ciel, le soleil et la mer. C'était suffisant. Ses pupilles avides absorbaient ce minimum vital d'information. Elle savait aussi chier et pisser, ce qu'elle fit pour faire cesser le tressautement du genou sur lequel elle était assise.

— Fiona ?... Je crois qu'il faudrait changer la petite.

— Encore ! Surveille les merguez.

La mère et l'enfant disparurent dans la caravane. Bernard déplaça quelques saucisses dont certaines étaient déjà carbonisées. Le vent s'était levé, une brise légère mais suffisante pour faire virevolter deux ou trois cerfs-volants multicolores. Un chien noir leur courait après en aboyant. L'horizon s'étirait comme un élastique trop tendu entre le ciel et l'eau.

— Un de ces jours il va claquer.

— Bernard !

— Ah, monsieur Marechall, vous allez mieux ?

Il avait l'air d'un arbre calciné planté dans le sable sur fond de ciel d'un bleu agence de voyages.

— On y va.

Bernard déglutit péniblement sa bouchée de sandwich à la merguez.

— Vous voulez pas manger un petit bout avant de…

— On y va.

— D'accord, monsieur Marechall, le temps d'aller chercher ma veste.

Les yeux de Fiona lançaient des petits poignards en direction de Simon. Violette dormait sur sa poitrine, bouche ouverte.

— C'est pas bien ce que vous faites là, c'est pas bien.

— Personne ne te demande ton avis.

— Je le donne quand même ! Vous allez crever seulement vous avez les chocottes de partir tout seul. Vous pouvez pas lui foutre la paix, à Bernard ?

Simon ne répondit pas. Il regardait la mer. Aucune terre en vue, pas le moindre îlot. Bernard accourut en enfilant sa veste. On aurait dit une sorte de cormoran s'entraînant maladroitement à son premier envol.

L'habitacle de la voiture sentait déjà le sable, le sel, le lait caillé et le pipi d'enfant.

— Tu pues la pisse.

— Je sais, c'est Violette. Vous voulez que je baisse la vitre ?… Où on va, au fait ?

— Je te dirai.

La circulation était fluide et les noms des rues étranges : Gingembre, Estragon, Genièvre, Cannelle, place du Volcan, passage du Thym et de l'Origan, rue des Anciens-Combattants-de-l'Afrique, de la Marne, du Chemin-des-Dames et enfin, après le carrefour du Souvenir-Français, rue du Rêve.

— Arrête-toi.

Devant le 12, un type qui ressemblait à tout le monde entassait des valises dans le coffre d'une Audi bleu marine. Une grande blonde un peu chevaline faisait le pied de grue en jetant des regards anxieux autour d'elle, juchée sur des hauts talons.

— Bernard, tu vas descendre et leur demander la rue Jean-Mermoz.

— La rue Jean-Mermoz, d'accord, et après ?

— Tu me laisses faire. C'est tout.

— C'est tout ?

— Vas-y. Prends le plan, tu fais comme si tu étais perdu.

À mesure que Bernard s'approchait du couple, il lui semblait marcher à contresens d'un tapis roulant. Cette dizaine de mètres lui parut interminable.

— Excusez-moi, monsieur, je suis perdu, je cherche la rue Jean-Mermoz ?

Le type était en sueur. Sa chemisette était auréolée sous les bras et son crâne dégarni luisait comme une boule de rampe d'escalier.

— Connais pas. Pas le temps.

— Pourtant c'est dans le coin, regardez, là, sur le plan…

L'homme le scrutait de ses deux billes rondes qui lui servaient de pupilles. Le grand équidé s'approcha.

— Moi je connais. Faut retourner sur vos pas, prendre la…

Elle n'eut pas le temps d'en dire plus. Le canon muni du silencieux émit un petit « plop ! » Et elle s'effondra tel un tronc scié à la base. Simon pointait à présent son arme sur le front bombé du petit homme moustachu.

— À genoux, ouvre la bouche.

J.-P. Bornay s'exécuta, enfin, son corps et une toute petite partie de son cerveau. Pour le reste il n'y avait déjà plus personne à l'adresse indiquée. Tout s'était passé si vite, il était au-delà de la peur. Simon sortit de sa poche une poignée de billets de Monopoly et lui calla entre les dents.

— Bouffe !… Bouffe je te dis !

Il se mit à mâcher machinalement, les yeux écarquillés. Le plan de la ville s'échappa des mains de Bernard et alla se coller contre les grilles d'une villa.

— T'es qu'un con, Bornay.

« Plop ! » Un trou sombre apparut entre les yeux de l'homme à genoux et son regard se voila d'une taie opaque de nouveau-né. Comme il s'écroulait en avant, Simon le repoussa en arrière du bout du pied.

— On fout le camp, c'est fini.

Bernard aurait bien aimé, mais ses pieds semblaient pris dans le goudron du trottoir.

— Tu viens ou quoi ?

— Monsieur Marechall... J'ai chié dans mon froc...

— Fiona s'en occupera.

Simon avait pris le volant, Bernard n'en était plus capable. Il conduisait calmement, respectant stops et feux rouges.

— J'ai envie d'une Suze, pas toi ?

— Non.

— Alors attends-moi là.

Bernard n'avait pas plus d'envies qu'un rectangle de poisson congelé. Son slip souillé lui collait aux fesses mais il n'en éprouvait ni honte ni gêne. Il aurait pu rester là des heures, des jours, des années, sans penser à rien, sans même voir la vie de tous les jours défiler de l'autre côté du pare-brise, une, deux, une, deux...

Simon avala d'un trait sa Suze au comptoir du bar de l'Espoir. Ça ne servait à rien, l'espoir, pas plus que ce qu'il venait de commettre, mais c'était comme ça et pas autrement. Chaque fois qu'il était à bout d'arguments, et ça lui arrivait souvent, son père lui assénait cette sentence. C'était simple, pratique, efficace. Presque une formule magique.

Le château de sable que Fiona venait de construire pour Violette était très beau, quatre tours, une porte arrondie et une route en zigzag qui y menait. Mais déjà les vagues commençaient à en ronger les fondations. Ça avait toujours été comme ça pour elle : « Maman sait tout faire et défaire et refaire… » C'est con, la mer. Elle vous attire, elle se retire et dès que vous avez le dos tourné, elle vient reprendre tout ce qu'elle vous a offert. Sa mère, à elle, avait été plus franche, elle ne lui avait donné qu'une place à la DDASS et un prénom. Pas si terrible que ça, le prénom. Toute sa jeunesse on l'avait appelée Fion. Ça avait le mérite de faire rigoler les copines. À sa majorité elle avait tenté de la retrouver mais c'était compliqué, il fallait remplir tout un tas de paperasses. Elle avait laissé tomber. Elle avait pensé aux émissions de télé aussi, du genre « Perdu de vue ». Mais à quoi bon ? Qu'auraient-elles eu à se dire ?… Alors elle avait fait Violette avec le premier venu. Ce qui comptait c'est qu'à présent elles étaient deux, quatre bras, quatre jambes, deux têtes. Deux fois plus de chances de s'en sortir. Une des tours du château s'effondra sous les coups de boutoir d'une dentelle d'écume.

Violette ne recevait plus du soleil qu'un rayon brûlant sur le bout du nez, malgré la protection du chapeau de gendarme en papier journal que Fiona lui avait confectionné. Si elle avait su lire elle aurait appris dans un article qui lui tombait sur l'œil gauche que le tueur de l'Ardèche venait d'être arrêté. Cela dit, elle n'en aurait sans doute rien eu à foutre. Ce qui lui semblait le plus important au monde, c'était ses doigts de pieds qui gigotaient. Le jour où elle pourrait les attraper, elle serait grande.

— Anaïs, tu m'entends ?… Georges, faudrait l'emmener à l'hôpital.

Hôpital était un mot qu'on ne prononçait pas chez Anaïs, un mot tabou, banni. Aucun son ne sortit de sa bouche mais elle se mit à rouler les yeux d'une façon terrible et à tordre le poignet de Fanny. Claquer, elle n'avait plus rien contre, mais chez elle. Poussière, tu retourneras à la poussière et ce n'était pas ce qui manquait ici. Le coup de plumeau pouvait attendre.

— Va chercher le docteur, au moins, reste pas planté là !

Un jour, Georges avait fait l'amour avec Anaïs. Il y avait longtemps de ça, bien longtemps… Anaïs était alors ce qu'on appelle une belle plante. C'était après le départ de cette sale gouine aux cheveux rouges, avant les chiens. Fanny était partie pour deux jours à Montélimar, chez sa sœur. Il ne se souvenait plus pour quelle raison, une naissance ou un enterrement ?… Anaïs lui avait tiré les cartes… Non, c'était un autre truc, un machin chinois, le Yi King. Elle se servait de baguettes de bois et lui lisait des trucs incompréhensibles dans un gros bouquin jaune : « La retraite est avantageuse… » Quelque chose dans ce goût-là. À cette époque il n'en avait rien à foutre de la retraite, il n'avait d'yeux que pour ces deux gros seins qui s'appuyaient sur les pages du livre et entre lesquels il avait envie d'enfouir son visage en les pétrissant. L'avenir ne le concernait que quand il faisait son tiercé. Il avait débouché une deuxième bouteille puis ils avaient roulé sur le canapé qui déjà gémissait de tous ses ressorts. Ça avait été bref mais bon. Ils s'étaient quittés en copains et ça ne s'était plus jamais reproduit.

— Mais qu'est-ce que tu attends, Georges ? Regarde, elle est toute bleue !

Georges sortit. Il croisa Jean Ferrat devant la boulangerie.

Le temps que Fiona s'occupe de ses vêtements, Bernard avait réintégré son ancienne mue mais pas sa vie d'avant. Plus rien ne serait pareil dorénavant. Monsieur Marechall dormait dans le mobile home et lui marchait sur la plage, Violette blottie au creux de son épaule. Il marchait jusqu'à un point donné puis revenait et recommençait. Le ciel n'était plus le même ciel ni la mer la même mer. Tout avait imperceptiblement changé. Ça sentait le simulacre, le vrai faux. On était en droit de douter de tout. Les rochers pouvaient être en carton, les pins en balsa, Violette n'était peut-être qu'un jouet gonflable, le soleil un spot, et lui-même un figurant parmi tant d'autres. La vie avait perdu toute densité. Il suffisait d'un petit « plop ! » pour que tout cela disparaisse. Il n'y avait pas d'explication.

Une petite boutique de souvenirs qui vendait des cartes postales jouxtait la réception du camping. Comme il avait promis à sa mère de lui en envoyer une, il s'y rendit. Celle qu'il choisit représentait un coucher de soleil si flamboyant qu'on était obligé de tendre les bras et de cligner les yeux pour la regarder. Il s'assit à une table de la buvette contiguë et commanda une menthe à l'eau. Violette dormait toujours, collée à lui comme une verrue. Ne sachant pas trop quoi écrire, il commença par l'adresse et suçota le capuchon de son stylo en attendant l'inspiration. « Chère maman… [Lui était-elle si chère que ça ?] Je suis au cap d'Agde qui est un endroit… [Un endroit ou un envers ?…] réversible. [Ça ne voulait rien dire, réversible, et pourtant c'était le mot juste. On pouvait y passer du paradis à l'enfer sans s'en apercevoir.] Il fait beau. Je suis content de connaître la mer qui est plus grande que le lac Léman. »

Bernard posa son stylo et avala la moitié de son verre de menthe. Les glaçons avaient fondu et n'étaient pas plus gros qu'une paire de boutons de manchettes. Le vert de la menthe le ramena à l'aquarium, ce qui lui provoqua un haut-le-cœur. La petite se mit à gigoter en bavotant dans l'échancrure de son T-shirt. D'instinct il l'agita de bas en haut. Ce mouvement répétitif eut un effet ondulatoire sur son écriture. « La mer ici n'est pas verte tout comme elle n'est pas rouge en mer Rouge. C'est monsieur Marechall qui me l'a dit car il y a été, en mer Rouge. Il ne faut pas croire tout ce qu'on dit. » Bernard vida le fond de son verre. Les glaçons avaient disparu. Il n'avait plus rien à dire aussi conclut-il par : « J'espère que tout va bien pour toi car moi aussi. Je t'embrasse fort, ton fils, Bernard. »

Une bouffée de tristesse lui monta de la poitrine jusqu'aux yeux. C'est une bouteille à sa mère qu'il aurait voulu envoyer avec dedans ce message : « Maman, viens me chercher, c'est trop grand ici ! » Mais ces messages n'arrivent jamais. Il colla un timbre et glissa la carte dans la poche arrière de son jean.

— Quel beau bébé ! C'est un petit garçon ou une petite fille ?

— Une petite fille.

La dame à la table voisine avait tout d'une petite brioche, le cheveu frisotté, comme si elle s'était coiffée d'une casserole de coquillettes. Elle faisait penser aux bonnes fées des dessins animés.

— Comment s'appelle-t-elle ?

— Violette.

— Violette !… Ça porte bonheur les noms de fleurs, moi c'est Rose.

Et elle l'était, de peau, de vêtements, sauf ses yeux d'un bleu pervenche. Elle devait avoir dépassé allègrement la cinquantaine et buvait un lait fraise.

— Vous êtes en vacances ici ?

— Oui et non, les deux.

— Moi je viens tous les ans depuis des années, même date, même bungalow. J'ai mes habitudes. Je suis de Namur, en Belgique. Et vous ?

— De Lyon.

— Tant mieux ! Je ne goûte pas fort les Parisiens, tellement prétentieux ! Vous vous plaisez ici ?

— Ça va.

— Vous êtes avec madame votre épouse, je suppose ?

— Euh… oui, mais avec mon patron aussi. Ma femme est au pressing et mon patron se repose.

— Ah… Vous allez penser que je suis bien curieuse, mais vous faites quoi dans la vie ?

— Chauffeur.

— C'est bien ! Vous devez en voir du pays !… Moi je suis taxidermiste, enfin, à la retraite, c'est pour mon plaisir.

— Taxi… C'est un peu comme moi, non ?

— Non ! Taxidermiste, je naturalise les animaux morts.

— Ah, empailleur ?

— Si vous voulez. Avant je travaillais pour les musées ; à présent j'ai une clientèle personnelle, des dames âgées surtout qui n'arrivent pas à se défaire de leurs défunts animaux de compagnie, des chiens, des chats, des perroquets. On voit de tout, vous savez. La dernière fois c'était un boa.

— Un boa… Mon patron est un peu dans la même branche sauf que lui il conserve pas. Éradication des nuisibles, cafards, punaises, souris, rats…

— J'ai fait dans le rat aussi ! C'est très intéressant, il faudrait qu'on se rencontre !

— On s'en va demain.

— Quel dommage !… Et pourquoi pas ce soir ? Venez donc prendre l'apéritif à mon bungalow, c'est le dernier, là-bas, sous le grand pin.

— Faut que je lui en parle…

— Mais oui, il sera sûrement d'accord. Je vous attends vers dix-neuf heures.

Rose était à peine plus grande debout qu'assise. Elle héla le garçon :

— Gégé, les deux consommations sur mon compte s'il te plaît. Eh bien à ce soir, monsieur ?…

— Bernard.

Elle posa son petit doigt boudiné sur la joue de

Violette.

— Comme elle est jolie ! Quelle peau, quelle texture. Et ses cils… des ailes de papillon. Comme on dit, faudrait pas que ça grandisse.

Elle s'éloigna en rebondissant telle une balle de tennis dans l'allée où déjà l'ombre se posait sur les branches des arbres comme un filet.

Démonter et remonter son arme les yeux fermés était un exercice que Simon effectuait habituellement sans problème. Seulement cette fois, il venait de perdre un ressort et, même avec ses lunettes, n'arrivait pas à mettre la main dessus.

— Vous avez perdu quelque chose, monsieur Marechall ?

Bernard se tenait debout dans l'entrée, son costume enrobé de plastique pendant comme une peau morte sur son avant-bras.

— Non, je cherche des trèfles à quatre feuilles. Un ressort, un foutu petit ressort !...

Bernard s'accroupit et lui tendit la pièce.

— Celui-là ?

— Qu'est-ce que tu foutais ?

— J'attendais que Fiona me rapporte mes vêtements.

— On part demain.

— Oui, je m'en doutais. On sera pas restés bien longtemps.

— Le temps qu'il fallait. Aide-moi à me relever.

À nouveau calé sur sa chaise, Simon se remit à ajuster une par une les pièces de son puzzle mortel, fit fonctionner la culasse, enclencha un autre chargeur et bloqua le cran de sûreté. Ses mains tremblaient, animées par une volonté plus puissante que la sienne. Il les serra l'une contre l'autre en croisant les doigts jusqu'à ce que ses phalanges deviennent blanches. Bernard vint s'asseoir face à lui de l'autre côté de la table.

— Maintenant, je sais ce que c'est votre travail.

— Et alors ?

— Alors rien. C'est pas commun, quoi.

— Il en faut. Tant qu'il y aura de la demande, il en faudra.

— Quand même, j'aurais préféré que vous vous débarrassiez juste des rats.

— Les rats, les hommes, même race. Ils se reproduisent aussi vite.

Bernard fixait le pistolet sur la table. On avait peine à croire qu'un objet aussi banal puisse faire autant de dégâts.

— Pourquoi la femme ? Elle vous avait rien fait.

— Pas de témoin, jamais de témoin.

— Et moi ?

— Toi ?… Tu es à mon service et à présent tu es complice.

— Vous en faites pas, je parlerai pas. Si je pouvais je me souviendrais même plus de rien.

— C'est exactement ce qu'il faut faire et puis demain est un autre jour.

— C'est vrai, on s'en va… Tiens, tout à l'heure, j'ai rencontré une dame qui bosse un peu dans votre partie.

— Quelle dame ? Qu'est-ce qu'elle fait ?

— Attendez que je me souvienne… Taxi quelque

chose… Empailleuse, quoi.

— Taxidermiste ?

— C'est ça ! Elle empaille des chiens, des chats, des boas, des bêtes mortes. Elle est belge et à la retraite. Elle nous invite pour l'apéro ce soir.

Simon se leva en se massant les reins. Il avait envie de rire. Ce jeune con était vraiment trop, après la fille mère, une taxidermiste belge !

— Mais où tu vas les chercher ?

— J'ai rien cherché ! C'est elle qui m'a causé la première. J'écrivais une carte postale à ma mère à la buvette de l'entrée. J'avais Violette dans les bras, elle l'a trouvée mignonne et voilà. Elle est en vacances, le dernier bungalow de l'allée centrale. Rose, elle s'appelle. Elle a quelques heures de vol mais elle a tout ce qui faut où il faut. Elle nous attend pour dix-neuf heures mais je peux aller décommander si vous voulez.

Ce qu'il y avait d'irrésistible chez ce grand couillon c'était cette faculté à s'adapter aux situations les plus insensées, un don inné pour la résilience.

— Pourquoi pas ?

— J'avais peur que vous vous mettiez en colère. Bon, ben je vais prévenir Fiona, je voulais pas lui dire avant de vous en avoir parlé… Ah, au fait, elle croit que Fiona et moi on est mariés et que Violette est notre enfant. Je pouvais pas lui expliquer, ç'aurait été trop compliqué.

— Et moi je suis le grand-père ?

— Non ! Vous êtes mon patron, je suis votre chauffeur.

— Dans ce cas, tout va bien ! Allez, va rejoindre ta petite famille.

Ça faisait longtemps que Simon ne s'était pas senti d'aussi bonne humeur. Il souriait en soupesant l'automatique dont l'acier se réchauffait peu à peu dans le creux de sa main. Ce n'était plus qu'une sorte d'outil comme en conservent les vieux ouvriers à la retraite en souvenir d'une époque révolue. Ils avaient fait un bout de chemin ensemble, mais ni l'un ni l'autre ne semblaient plus être d'une quelconque utilité. Par habitude il le glissa sous son oreiller, mais quelque chose lui disait qu'il ne s'en servirait plus jamais et cela le soulagea d'un énorme poids.

Rose était parfaitement équipée, un assortiment de verres pour chaque boisson et le petit napperon de dentelle au crochet pour aller avec. Olives, cacahuètes, saucisses de cocktail et chips maison s'amoncelaient dans des coupelles de verre taillé. Elle virevoltait autour de la table dans un déshabillé vaporeux de mousseline mauve, avec la grâce d'une phalène dans le faisceau de la lampe munie d'un système anti-moustiques qui diffusait des effluves de fleurs. Elle avait un petit mot charmant pour chacun, en particulier pour Violette dont elle caressait la joue d'un doigt léger chaque fois qu'elle passait près d'elle. Simon et Fiona étaient au pastis, Rose à la bière, Bernard à la menthe à l'eau et Violette suçotait son biberon le regard braqué sur l'étoile du Berger. Contrairement aux autres bungalows, le sien était personnalisé, orné de guirlandes électriques, de rideaux à frous-frous aux fenêtres, et de pots de géraniums flamboyants.

— C'est un peu mon deuxième chez moi. Il y a tant d'années que je viens ici, toujours aux mêmes dates. Francis, le manager, prépare tout pour mon arrivée. C'est en quelque sorte ma résidence secondaire. J'ai besoin de me sentir chez moi partout. Le monde est à nous, non ?

— Certainement !

— Namur est une jolie petite ville mais l'hiver y est si long !... Vous connaissez Namur, monsieur Marechall ?

— Oui, je suis du Nord, alors la Belgique, n'est-ce pas... Nous y achetions du tabac, de la bière. Mais il y a longtemps que je n'y suis pas retourné.

— Vous n'y trouveriez guère de changement. Le Nord, c'est le Nord. Et vous, madame Fiona, d'où êtes-vous ?

— De la DDASS, ça ne doit pas avoir beaucoup changé non plus. Paraît que ma mère était italienne, ou bien mon père... Quand on ne sait pas, faut bien imaginer.

— Mais bien sûr !... Ma pauvre petite... Enfin, maintenant vous avez un foyer. Le présent, c'est tout ce qui compte.

— N'est-ce pas ! Excusez-moi mais il va falloir que je m'absente un moment, il faut que je change la petite.

— Je vous en prie !

— Bernard, tu viens me donner un coup de main ?

Simon et Rose regardèrent le jeune couple à l'enfant s'éloigner et disparaître dans l'ombre. Vision biblique.

— C'est beau la jeunesse, non ?

— Très !

— Je vous en ressers un autre ?

— Deux doigts.

Un fragment de cacahuète s'était coincé entre les

dents de Simon. Même avec le bout de la langue, il n'arrivait pas à s'en défaire. Ça devenait obsédant.

—Alors comme ça vous faites dans la dératisation ?

—Pas uniquement les rats, tous les nuisibles. Mais je viens de vendre mon affaire pour prendre ma retraite.

—Comme vous avez raison ! Au début ça va vous paraître un peu long, mais enfin, plus de soucis… Si ce n'est celui de durer.

—Je n'y pense pas.

—Moi, si. La mort n'est pas un problème, mais l'éternité, c'est autre chose. Le premier animal que j'ai naturalisé était un écureuil. Le pauvre ! Si vous aviez vu l'état dans lequel il était… Un camion lui était passé dessus. Et pourtant, aujourd'hui il est fringant comme au premier jour. Vous allez vous moquer de moi, mais je me sens comme… comme la petite main du Créateur, je répare ses erreurs. Et puis j'aime bien les travaux d'aiguille.

—C'est tout à fait respectable. Je n'ai rien contre l'éternité mais, pour ma part, je crains de m'y ennuyer à mourir.

—Allez, allez, on se fait à tout !

Rose ressemblait à un lampion. Son visage poupin rebondissait d'une épaule à l'autre, souriant de toutes ses dents sans doute aussi fausses que les perles de son collier. Mais le faux était-il l'ennemi du vrai ? Elle lui faisait penser à cette tenancière de Hanoi qui empochait avec la même allégresse les vrais et les faux dollars. Sur la table leurs mains n'étaient qu'à un petit centimètre l'une de l'autre. Elle ne portait pas d'alliance, lui non plus.

— J'ai un petit peu frisquet, je vais mettre un châle.

Simon alluma une cigarette. Sans le faire exprès un rond de fumée lui fit comme une auréole. La Grande Ourse mijotait dans sa casserole une fricassée d'étoiles.

— Non mais t'as vu comment elle la tripote !

— Elle aime les enfants.

— Mon œil ! C'est une sorcière ! Qu'elle aille rempailler ses chèvres mais je veux plus qu'elle touche à Violette.

— Fiona !... T'y vas un peu fort. C'est une vieille dame...

— J'aime pas les vieux ! Ils puent, c'est pour ça qu'ils se mettent tant de parfum. Ils sont dans la mort jusqu'au cou, comme ton Môssieur Marechall !

La couche tartinée d'une merde bien innocente tomba dans la poubelle avec un bruit mou. Violette se tortillait sur le dos en poussant de petits cris.

— Tu serais pas un peu parano ?

— Si ! C'est pour ça que je suis toujours en vie. Ton patron est un tueur ; Rose, une ogresse, et toi... toi... Un pauvre con !

Elle se jeta soudain dans les bras de Bernard en sanglotant tout en lui martelant le dos à coups de poing.

— Foutons le camp d'ici, toi, Violette et moi. Je veux pas qu'ils nous contaminent. On a le droit de vivre, merde !

Fiona avait changé de visage. Les larmes lui

donnaient l'aspect d'une aquarelle inachevée, comme une île apparaissant dans la brume.

— Fais-moi l'amour.

— Là, maintenant ?

— Oui.

Pas facile, non, ce n'était pas facile ; mais quand la main droite de Violette attrapa le pouce de son pied gauche, elle se sentit pousser des ailes. Enfin elle l'avait choppé ce con de doigt de pied et elle allait même se le fourrer dans la bouche. Ça y était, elle était grande.

— Anaïs, il faut vous faire hospitaliser. Croyez-moi, je sais ce que je dis, c'est une question de vie ou de mort.

— Petit merdeux ! T'es déjà mort, toi ? Tu sais ce que c'est ?… Non, alors ferme-la.

Elle n'avait pas dit ça au docteur parce que ses mâchoires refusaient de se dessouder, mais elle l'avait pensé très fort. La piqûre qu'on venait de lui faire distillait en elle un venin bienfaisant. Le docteur et Fanny discutaient à voix basse dans un coin de la pièce. Par moments, Fanny ouvrait et laissait retomber ses bras en signe d'impuissance. On aurait dit un oisillon hésitant au bord du nid. Georges, les mains croisées dans le dos, dialoguait avec la négresse lampadaire. Qu'ils foutent le camp, qu'ils la laissent en paix !… Anaïs allait aussi bien qu'eux, peut-être mieux puisqu'elle n'avait pas l'intention d'aller plus loin. Fallait juste attendre qu'ils se lassent, qu'ils se cassent. Elle avait l'habitude, toute sa vie elle avait attendu, un bus, l'amour, la réussite, un coup de fil… Curieusement, plus le temps lui était compté, moins elle s'en souciait.

Le docteur fut le premier à vider les lieux, avec sa petite sacoche remplie de trucs qui piquent, de tubes en caoutchouc, de pilules, de flacons, comme un gentil petit écolier. Puis ce fut le tour de Georges dont l'inutilité encombrante commençait à agacer son épouse. Il ne se le fit pas dire deux fois. La mort tout comme la naissance n'étaient pas des spectacles dont il raffolait. Son entre-deux le satisfaisait largement. Mais Fanny s'installa dans le fauteuil auprès du canapé où reposait Anaïs, bien décidée à monter la garde, à faire de son petit corps malingre un rempart infranchissable contre toute intrusion malfaisante. C'était une belle et noble attitude, mais au bout d'un quart d'heure elle piqua du nez en ronflant, le menton aplati sur le bréchet osseux qui lui servait de poitrine. Anaïs toussa et remua afin de s'assurer que la symphonie nasale de sa voisine était bien entamée, puis se redressa, péniblement, mais elle y parvint. La tête lui tournait. Quelle importance ? Depuis le temps, elle avait acquis le pied marin. Les douleurs qui la parcouraient de l'épaule à la hanche ne la dérangeaient plus. Elle les avait adoptées, amadouées, comme des chats galeux trouvés dans la rue. Une fois assise au bord du canapé, elle essaya la verticale mais se rendit compte aussitôt qu'elle prenait un gros risque. Alors c'est à quatre pattes qu'elle se mit à progresser jusqu'à la cuisine. Ce n'était pas évident mais quand même plus stable que sur ses pattes de derrière. Au fond, c'est toujours ainsi qu'on fait ses premiers pas, qu'on accède à l'autonomie. Suffisait de se reporter loin en arrière, à l'âge où l'on découvre le monde au ras des pâquerettes. Bras droit… Genou gauche… Bras gauche… Genou droit…

À nouveau, le petit peuple parallèle s'approcha

timidement pour l'encourager. Comme ils étaient mignons, ces petits monstres, on pouvait avoir confiance en eux. Ils se mirent en quatre pour l'aider à pousser la porte de la cuisine. Le carrelage était glacé, chaque carreau un territoire à conquérir. L'effort produit faisait jaillir de ses narines et de sa bouche un souffle puissant qui dispersait devant elle des troupeaux de moutons gris et provoquait des envols de miettes comme au passage d'un éléphant dans la brousse. Anaïs fit halte devant le placard sous l'évier, là où les gens normaux rangent les produits d'entretien et les alcooliques leurs bouteilles. La dernière de Négrita y était, bien sûr, mais où ?...

Il faisait noir comme dans un four là-dedans. Anaïs y alla à l'aveuglette, sélectionnant dans un premier temps au touché les flacons de plastique et de verre. Cependant, le danger résidait dans cette manie absurde qui lui venait de sa mère, femme d'intérieur aux mœurs rigoureuses, qui voulait qu'on vide les fonds de produits détergents, eau de Javel et autres, dans des bouteilles vides afin de gagner de la place. Comme chez Anaïs il n'existait de vide que des bouteilles de Négrita et qu'en plus de ça on n'y voyait goutte, l'affaire s'annonçait périlleuse. Mais Anaïs avait si soif !... Autour d'elle le petit peuple retenait son souffle.

— On va bien voir si Dieu existe !

Elle saisit au hasard le premier flacon et en avala une grande rasade.

Simon souleva la cuisse molle qui reposait sur la sienne et se dégagea du méandre des draps. Il avait envie de vomir. Le parfum capiteux de Rose l'écœurait. À moins que ce ne fût autre chose, un dégoût plus profond, celui d'une existence tout entière dont les remugles lui remontaient à la gorge mélangés à celui du pastis. À tâtons il rassembla ses affaires et sortit du bungalow. L'air frais de la nuit lui fit du bien mais ne l'empêcha pas de se vider l'estomac en empoignant à deux mains le tronc rugueux d'un pin. Il se rhabilla en frissonnant des pieds à la tête. Il n'avait pas pu. « Ce n'est pas grave, lui avait-elle murmuré à l'oreille, à nos âges… » À part une fenêtre à la réception et les quelques lampadaires qui éclairaient l'allée centrale, il n'y avait aucune lumière allumée. On se serait cru dans un cimetière. Le flux et le reflux régulier des vagues rendait l'éternité encore plus monotone. Lorsqu'il parvint à son mobile home, la voiture habituellement garée à côté avait disparu.

— Le petit con !

La couchette de Bernard était intacte. Simon ressortit, courut jusqu'à la caravane de Fiona. Déserte. Il fut pris d'une panique étrange, comme s'il était mort et que personne ne l'avait prévenu. La solitude qui pourtant avait été sa seule compagne durant tant et tant d'années semblait elle aussi lui avoir lâché la main. L'obscurité s'épaississait autour de lui, se tassait dans son nez, sa bouche, ses oreilles. La suie de son enfance… En titubant il regagna le mobile home, alluma toutes les lampes et fouilla sous son oreiller. Le pistolet était là, tiédi de la chaleur des coussins mais d'une inutilité irréfutable. Il s'assit au bord du lit, l'arme pendant entre ses cuisses comme un sexe mou, l'œil rivé sur la porte entrouverte qui ne lui offrait que la vision navrante du néant. Il avait déjà connu la peur, bien des fois, mais pas celle-ci. C'était une peur d'enfant, incontrôlable, qui l'anesthésiait lentement. « Et ce cœur qui bat, qui bat, qui bat !… » Il n'éprouvait ni haine, ni rage, juste une profonde incompréhension.

— Pourquoi tu m'as fait ça, petit, pourquoi ?…

Une précipitation chimique due à un mélange complexe d'émotions diverses fit naître au bord de ses yeux un liquide chaud et salé qu'il n'avait plus goûté depuis des siècles. La larme emprunta le réseau sinueux des rides de sa joue jusqu'au coin de sa bouche, puis de ses lèvres à son menton. C'était bon et doux comme une interminable éjaculation. Pour une fois son cœur lui servait à autre chose qu'à pomper du sang. Il se leva sans peine, marcha vers la plage, traversa la bande de sable gris et s'enfonça jusqu'à la taille dans les eaux noires. Là, dans un geste de semeur, il balança le pistolet aussi loin qu'il put. L'arme alla rejoindre le tas de saloperies qui tapissent aujourd'hui les fonds marins. Ce n'était plus qu'une chose parmi d'autres choses, tout comme Simon n'était plus qu'un humain parmi d'autres humains.

— Je me demande si on n'est pas en train de faire une grosse, grosse connerie…

— Pourquoi tu dis ça ? Tu crois quand même pas que ton monsieur Marechall va aller porter plainte chez les flics ?

— C'est pas ça…

— C'est quoi, alors ?… Où tu allais avec lui ? Droit dans le mur ou au trou. Quant à la vieille, je suis sûre qu'elle m'aurait piqué Violette pour l'empailler.

— N'importe quoi !… Qu'est-ce qu'on va foutre en Espagne ? Je cause pas un mot d'espagnol.

— C'est pas plus difficile que l'italien. En italien tu mets un « i » à la fin de chaque mot et en espagnol, un « o ». Et puis l'Espagne, c'est tout à côté et j'ai des copains à Barcelone.

— Des copains…

— Des relations, quoi. Ça suffit, non ? On a bien droit à une autre vie. Faut pas laisser passer sa chance.

— Ouais…

Fiona était assise à l'arrière, Violette couchée sur ses genoux. Dans le rectangle du rétroviseur, Bernard lui trouvait un visage de petite fille butée, fermé comme un poing. Comment les gens peuvent-ils changer de tête aussi vite ? Cette nuit, dans la pénombre de la caravane elle avait l'air si douce, enfin apaisée, comme Violette après son biberon. Ils avaient fait l'amour avec la légèreté de deux papillons, sans précipitation, sans avidité, le plus simplement du monde. Elle s'était endormie ou bien fermait-elle seulement les yeux… Sa respiration régulière épousait la même cadence que celle de l'enfant couchée dans son couffin, la même que celle de la nuit. Le grain de beauté sur son sein gauche était devenu le centre d'un monde où la peine, la peur et la douleur avaient disparu. Bernard retenait son souffle de crainte de faire s'envoler cette bulle fragile dans laquelle ils flottaient. Jamais de sa vie il n'avait ressenti aussi intimement qu'à cet instant cette plénitude d'être un homme en parfaite harmonie avec la vie. Il était exactement là où il devait être. Puis elle avait ouvert les yeux si soudainement qu'il en fut ébloui.

— Bernard, foutons le camp !

— Où ça ?

— En Espagne.

— En Espagne ?… Quand ?

— Là, tout de suite, maintenant.

Le ciel lui-même avait changé de gueule. Des traînées de nuages laiteux voilaient un soleil aussi mal disposé que Bernard à entamer cette nouvelle journée. Le paysage lui semblait sans intérêt, plat, un terrain vague boursouflé de maisons sans caractère.

— Va falloir que je m'arrête prendre de l'essence.

— J'en profiterai pour m'occuper de Violette.

Ils firent halte dans une de ces stations où l'on vend n'importe quoi à n'importe qui à n'importe quel prix.

Après avoir payé le plein, Bernard constata amèrement à quelle vitesse filait l'argent. Il ne lui en restait pas lourd. En arrivant à Barcelone ils seraient complètement à sec. L'Espagne, quelle idée !... Déjà, dans la station on proposait aux touristes des taureaux en plastique, des castagnettes, des toréadors rutilants et des danseuses de flamenco froufroutantes. Il n'avait pas passé la frontière qu'il avait déjà le mal du pays. Mais surtout, c'était ce sale tour joué à monsieur Marechall qui lui taraudait la conscience. D'accord, c'était un assassin, un criminel, mais il n'était pas que ça. Monsieur Marechall s'était toujours montré réglo envers lui, il lui avait fait confiance. Il lui avait appris des choses, comme... la mer Rouge qui n'est pas rouge, par exemple. Il l'avait traité en homme, presque en fils et lui, le Bernard à huit doigts, venait de se conduire comme le dernier des voyous, un minable petit voleur. Son visage dans le reflet de la vitrine l'écœura. Plus jamais il n'arriverait à se regarder en face. N'importe quel mégot écrasé dans le cendrier valait mieux que lui.

Fiona réapparut, pimpante. Les coups de soleil sur son nez et ses joues lui donnaient l'aspect vernissé d'une petite pomme d'amour.

— Dis donc, ils vendent des sièges pour bébé, ce serait plus pratique. J'en ai marre de me trimbaler Violette sur les genoux... Qu'est-ce que tu as ?... T'en fais une tête !...

— Écoute, Fiona, je ne vais pas plus loin. Tiens, prends tout l'argent qui me reste, va à Barcelone, mais moi je rapporte la voiture à monsieur Marechall.

— T'es complètement taré ?... On est presque à la frontière, ce soir on est à Barcelone !

— J'en ai rien à foutre de l'Espagne. J'ai jamais fait un coup tordu à personne. Je peux pas, voilà, je peux pas.

Les mots se bloquaient dans la gorge de Fiona en une seule et même grosse boule compacte qu'elle n'arrivait ni à cracher ni à déglutir. Elle étouffait en jetant autour d'elle des regards désemparés. Des gens montaient dans des voitures en mâchant des barres chocolatées, un gobelet à la main, d'autres en sortaient et s'étiraient les mains plaquées sur les reins, on promenait un chien, on engueulait des gosses pleurnichards... Des gens normaux.

— Merde, Bernard !... Regarde autour de toi, t'as pas envie d'être heureux, de vivre peinard comme tous ceux-là ? On s'est rencontrés, ça veut dire quelque chose. Une vie à nous, rien qu'à nous, celle qu'on a jamais eue !... On y a droit, bordel, on y a droit !

— Si, Fiona, si, je demande que ça. Mais pas en trahissant, je pourrais plus me regarder dans une glace.

— Mais il se fout bien de toi, ton monsieur Marechall ! Il t'utilise et quand il aura plus besoin de toi il te balancera dans un puits avec une balle dans le front.

— Je crois pas, Fiona, je crois pas. Écoute, voilà ce qu'on va faire. Tu prends l'argent et tu vas à Barcelone chez tes amis. Moi je rapporte la voiture et je vous rejoins là-bas, promis, juré.

— Je sais pas si t'es con ou naïf ou les deux… Tu nous largues là, sur un foutu parking d'autoroute pour un vieux con d'assassin et tu dis que tu supportes pas de trahir ?… Non mais tu me prends pour une conne ou quoi ?… Si c'était pas si triste, ce serait à crever de rire !

Des larmes plein les cils, Fiona s'assit sur un muret de ciment. Violette se mit à geindre puis à crier.

— Oh, tu vas pas t'y mettre toi aussi !

— Calme-toi, Fiona, lui parle pas comme ça. Donne-la-moi.

— NAN ! La touche pas ! Vas-y, fous le camp ! Tire-toi ! J'en veux pas de ton pognon ! Casse-toi je te dis !!!

Les gens se retournaient sur eux. Bernard s'accroupit devant elles, la tête baissée entre les bras, le dos voûté. Pourquoi la vie se plaisait-elle à vous reprendre d'une main ce qu'elle venait de vous offrir de l'autre ?

— Un si gentil petit couple… Vous allez porter plainte ?

— Je ne pense pas.

— Quand même, on leur aurait donné le bon Dieu sans confession. À qui se fier ?… Tenez, l'autre jour à la télé, on voyait ce type, l'assassin des trois jeunes Anglaises, entrer au palais de justice encadré de deux policiers. Eh bien, vous me croirez si vous voulez, mais c'étaient eux qui avaient l'air le plus patibulaire. Lui, un monsieur Tout-le-monde, comme vous et moi.

Simon caressait le sable du plat de la main, traçait des huit, formait des dunes, regardait les grains s'écouler entre ses doigts. Il n'avait pas bougé depuis le lever du soleil qu'il avait attendu sans avoir pu fermer l'œil de la nuit. Rose l'avait rencontré en faisant son footing matinal et s'était assise près de lui. Depuis elle n'arrêtait pas d'enfiler les mots les uns aux autres comme le font les gens qui rendent visite à un malade et que le silence oppresse. Ça ne le dérangeait pas, elle faisait partie du paysage. Le ciel s'était couvert, le vent d'est décoiffait la crête des vagues, soulevait des tourbillons de sable, chahutait des objets légers.

— C'est de la pluie pour tout à l'heure.

— Peut-être.

— Vous pensez qu'ils vont revenir ?

— Je ne sais pas.

Cette nuit elle le tutoyait, le jour la ramenait au garde-à-vous.

— Qu'est-ce que vous allez faire ?

— Je n'y ai pas pensé.

C'était vrai. Il n'avait pris aucune décision. Il était là. Il y avait toujours été, n'importe où dans le monde. Il était l'île.

— Allez, ça va s'arranger. Les jeunes, ça s'amuse et puis… Tenez ! Je vous invite au restaurant à midi. D'accord ?

— C'est gentil.

— Très bien ! Je vais me changer. Venez me retrouver au bungalow.

— Entendu.

Rose s'en alla en rebondissant sur la grève comme un ballon de plage. Une mouette blessée battait de l'aile en poussant des cris perçants. Toutes les autres l'avaient abandonnée à son sort. Épuisée de sautiller en tous sens, elle se posa sur un caillou et attendit un miracle qui n'arriverait jamais. Dans quel pays d'Afrique les gens se saluaient-ils le matin en disant : « Comment va la douleur ? » Simon ne se souvenait plus.

— Non, Marike, pas un jeune, un vrai, de notre âge, quoi. Mais bel homme, pas un pouce de graisse, élégant et bien comme il faut… Tu penses que j'aimerais le ramener à Namur !… Il vend son affaire, il prend sa retraite… Au lit, au lit !… Il n'y a pas que ça dans la vie !... Très tendre, oui... Je ne saurais te dire s'il était marié, on ne se connaît que depuis hier... Bon, il faut que je te quitte, je dois me préparer, je l'ai invité au restaurant. Le pauvre, on lui a volé son auto... C'est ça, Marike, je te raconterai, à bientôt.

Dans la chambre du bungalow, le miroir n'arrivait plus à suivre la danse des sept voiles que Rose lui faisait subir depuis une heure. Une dizaine de robes toutes plus mousseuses les unes que les autres s'empilaient sur le lit. La pluie se mit à tambouriner sur le toit. Rose leva les yeux en grimaçant.

Simon quitta la plage à contrecœur. Le sable semblait criblé de chevrotines. La mouette cacha sa tête sous son aile valide.

— C'est le meilleur restaurant de poissons de la ville. Je vous conseille les calamars à la sétoise, délicieux !

Après avoir passé la commande, Rose s'éclipsa un moment aux toilettes. Simon ramassa le journal du jour sur une table voisine. On y voyait en première page les portraits souriants de Bornay, de sa maîtresse et de son épouse : « CRIME PASSIONNEL OU CRIME CRAPULEUX ? » Il parcourut l'article en diagonale. Les trois victimes avaient été tuées par la même arme. Curieusement, c'est avec un pistolet de même calibre qu'on avait abattu la veille, dans l'aquarium municipal, un individu au passé trouble. Le gardien avait vu deux hommes s'enfuir mais était incapable d'en donner un signalement précis. Il faisait sombre, tout s'était passé très vite. Difficile de faire un rapprochement entre ces deux affaires.

Simon replia le journal, indifférent. Il ne se sentait nullement concerné. Depuis toujours, après chaque contrat, il passait un coup d'éponge sur le tableau noir de sa mémoire, ne laissant ni au remords ni au regret la moindre possibilité de se manifester. Simon était un pro, une sorte d'huissier sans états d'âme qui faisait là où on lui disait de faire. Il prenait des vies comme d'autres des meubles.

Effectivement, les calamars à la sétoise étaient de tout premier ordre. Rose parlait avec passion de son métier, l'art de conserver l'apparence de la vie. Une lutte constante avec le temps car, malgré les produits de conservation, la chair est faible et se dégrade vite.

— Mais à présent, on fait des choses formidables ! Les yeux, surtout, j'en ai des tiroirs pleins ; de chiens, de chats, d'oiseaux de toutes sortes. C'est ce que je place en dernier, la cerise sur le gâteau si je peux m'exprimer ainsi. Toute la vie est dans l'œil, le regard. Vous, par exemple, malgré votre attitude un peu rigide, presque sévère, on sent dans votre pupille une grande tendresse, et de la mélancolie aussi. C'est très touchant. C'est sans doute pour masquer cette faiblesse que vous quittez rarement vos verres fumés. Mais pardonnez-moi, je deviens indiscrète.

— Du tout !

— C'est plus fort que moi, je ne saurais m'empêcher de me pencher sur le cœur des êtres, car tout le mystère est là, au cœur du cœur. N'est-ce pas ?

— Certainement. Mais faites attention, *e pericoloso sporgersi !*

— Vous savez, à mon âge, on n'a plus grand-chose à perdre. Tomber amoureuse ou dans le coma...

Quand Rose rougissait, elle devenait incandescente. On avait envie de lui lancer un seau d'eau. Elle s'éventa avec sa serviette. Ils étaient arrivés les premiers et, au dessert, le restaurant était bourré à craquer.

— Quelle chaleur ! Ça vous dirait d'aller faire quelques pas, la pluie a cessé.

— Avec plaisir.

Voilà ce qu'il allait lui dire à monsieur Marechall : « Monsieur Marechall, je regrette de vous avoir fait ce coup-là mais, vous voyez, je vous rapporte votre voiture. Je veux pas que vous pensiez que je suis un petit voleur. Je sais pas ce qui m'a pris, peut-être que je suis amoureux ?... Peut-être que j'ai eu peur aussi. Faut dire que vous faites un drôle de métier. Cela dit, je le respecte et puis vous avez toujours été réglo avec moi. Alors si vous voulez, je continue le boulot, je vous ramène à Vals même si vous me donnez pas le reste de l'argent. Vous savez, j'ai juste besoin d'une vie à ma taille, avoir les moyens de moyenner avec Fiona et Violette. Vous voyez, je suis honnête et même si vous voulez plus de moi, je garderai quand même un bon souvenir de vous. Faites comme vous voulez. »

À l'arrière de la voiture, Fiona dormait ou faisait semblant. Bernard avait eu du mal à la convaincre mais sans doute en avait-elle marre d'être ballottée par l'existence comme un paquet. Et puis il pleuvait et peut-être aussi, même si elle ne lui avait jamais dit, qu'elle avait un peu de sentiment pour lui.

« Il va te foutre une balle dans la tronche. »

Pour la consoler il avait acheté le porte-bébé. Ça avait été compliqué à installer, toutes ces courroies, ces boucles, ces crochets… La petite était écarlate, saucissonnée dans son siège baquet, les bras à l'horizontale qui lui faisaient deux petites ailes. Mais elle ne pleurait pas. Ses gros yeux ronds fixaient intensément la cime des arbres, le toit des maisons, les lignes télégraphiques qui défilaient sur fond de ciel gris haché par la pluie. Elle n'avait rien contre la voiture mais préférait la plage parce que c'était plus grand et que les choses autour d'elle restaient en place. Plus tard elle serait fonctionnaire, avec un bureau à elle et ses affaires bien rangées. Tous les jours seraient identiques. Ce rêve de stabilité lui procura une telle jouissance qu'elle fit tout en même temps, pipi et caca, et se laissa mouler béatement dans cette gangue chaude et molle.

Dieu existait mais il n'avait pas cette tête de Père Noël furax qu'on lui prête ordinairement. D'abord c'était une femme, noire. Elle portait un turban de madras, deux gros anneaux dans ses oreilles et souriait de toutes ses dents. Elle avait créé le rhum à son image et, autour d'Anaïs, le petit peuple se réjouit de cette révélation en entamant une biguine endiablée.

C'est presque sans effort qu'elle retrouva la verticale. Si c'était pas un miracle, ça ! Elle s'envoya une autre rasade histoire de se donner le courage de faire ses premiers pas dans ce nouveau monde, reboucha soigneusement la bouteille qu'elle posa sur la paillasse de l'évier pour ne plus risquer de confondre Dieu avec un vulgaire produit d'entretien. Cette idée en entraînant une autre, elle constata en fronçant les sourcils à quel point son coin cuisine était crade ; vaisselle de quinze jours empilée en une périlleuse pyramide, cuisinière culottée comme une vieille pipe, lino collant sous la semelle des mules... Se sentant une forme olympique, elle s'arma d'un tampon Jex, d'une serpillière et retroussa ses manches.

Le tintamarre des casseroles entrechoquées tira Fanny de son sommeil. Elle se frotta les yeux, Anaïs n'était plus sur le divan.

—Anaïs ?... Mais qu'est-ce que tu fais ?

— Le ménage, tu vois bien. Ne rentre pas je suis en train de laver par terre !

— Mais le docteur ?

— Quoi, le docteur ?

— Tu étais…

— Ben maintenant, je suis, et en pleine bourre ! Pas grâce à ce petit con, grâce à Dieu. Je viens de le voir, comme je te vois. Eh oui, ma petite, y a pas qu'à Lourdes que ça arrive. Écoute, Fanny, je te remercie pour tout mais, comme tu vois, j'ai du pain sur la planche. Il fait nuit, Georges aime pas rester seul le soir alors, fais-moi plaisir, va le rejoindre.

— Tu es sûre ?…

— Certaine, va, je te dis.

Fanny s'éclipsa en hochant la tête et Anaïs alluma la radio. Coup de bol, Ferrat chantait *la Montagne*.

La cuisine à présent rutilante, loin de se sentir fatiguée, elle attaqua la chambre puis le salon. L'aspirateur qui n'avait plus servi depuis des lustres semblait avoir retrouvé lui aussi un second souffle. Elle dut changer trois fois le sac tant les moutons s'y entassaient. La touche finale fut pour la négresse lampadaire qu'elle astiqua au chiffon de laine dans les moindres recoins.

— Ah, Négrita, Négrita chérie, tu mériterais qu'on se prosterne devant toi !

Il était deux heures du matin quand Anaïs se laissa choir sur le sofa tout auréolée d'une saine fatigue.

— J'ai faim ! Je boufferais un éléphant cru !

Anaïs dégota une boîte de pilchards et se mit à dévorer en sauçant avec un croûton de pain rassis. La dernière gorgée de rhum la rabibocha définitivement avec l'existence. Il s'ensuivit un rot sonore au mélange subtil de hareng et d'alcool. Elle nettoya consciencieusement assiette, verre et couverts, se rendit à sa chambre après s'être lavé les dents, enfila un pyjama japonais qu'elle n'avait jamais porté et se glissa dans les draps frais du lit qu'elle venait de faire. Elle n'avait pas sommeil tant elle tenait à prolonger ce sentiment de sérénité qui la baignait comme un liquide amniotique. Dans la lumière tamisée par un foulard rose drapé autour de l'abat-jour de sa lampe de chevet, les mains sous la tête, elle ferma les yeux en souriant aux anges.

— Maintenant, ce qu'il me faudrait, c'est un projet, un bon projet…

La pluie séchait par plaques sur le boulevard du Front-de-Mer. Le ciel n'avait pas bonne mine et l'eau avait pris une couleur d'huître douteuse. Par tous les moyens le vent cherchait à s'engouffrer dans le châle que Rose tenait serré sur sa poitrine.

— Pour un peu je me croirais chez moi. En Belgique c'est toujours ce temps-là, même quand il fait beau. On y est habitué mais parfois ça lasse. Vous avez beaucoup voyagé, n'est-ce pas, Simon ?

— Pas mal.

— Dans des pays chauds ?

— Oui. Du ciel bleu aussi on se lasse.

— Qu'allez-vous faire, à la retraite ?

— Rien, comme tout le monde.

— Il ne faut pas ! Il faut avoir des projets. Vous pourriez venir me voir à Namur ?

— Pourquoi pas…

Oui, pourquoi pas Namur ? La maison de Rose devait être confortable. Il se chaufferait les pieds devant le calorifère en feuilletant un atlas à la recherche d'une île qui n'existe pas. Rose lui préparerait des chicons à la cassonade et au jambon. Et puis il mourrait et elle l'empaillerait, lui redonnerait l'apparence de la vie en incrustant dans ses orbites vides deux yeux de verre. C'était un projet qui en valait bien d'autres. Il souriait à cette idée quand une douleur fulgurante le traversa de part en part comme un éclair blanc. Il en eut le souffle coupé. Il n'y voyait plus rien que des sortes de coulures, de boursouflures semblables à celles d'une pellicule fondant à la chaleur d'un projecteur.

— Ça ne va pas, Simon ?... Simon !

Par chance, comme cette promenade était principalement empruntée par des personnes âgées, il y avait un banc tous les cinq mètres. Rose le fit asseoir sur l'un d'eux en lui tapotant la main, les joues, et en prononçant des paroles qu'il ne comprenait pas.

— Je vais chercher ma voiture. Nous retournons au bungalow et j'appellerai un docteur. Je reviens tout de suite. Ne faites aucun effort.

La douleur avait disparu, ne laissant derrière elle qu'une queue de comète fouettant le néant. « Je suis assis sur un banc... Je suis assis sur un banc... » C'est tout ce que sa pensée parvenait à formuler.

— Et qu'est-ce qu'elle vend, ta mère, dans sa boutique ?

— Ben rien. Elle a essayé plein de trucs mais ça n'a jamais marché. Maintenant elle se contente d'y vivoter. T'as vu ?… Violette, elle aime le ketchup !

Vorace, la petite tétait le doigt de Bernard rougi de sauce.

— C'est malin, tu lui en as mis partout, on dirait Dracula.

Le snack où ils s'étaient arrêtés manger une saucisse frites était désert à l'exception du patron et d'un type accroché au bar comme une moule à son bouchot.

— Ça sert à rien une boutique où on vend rien.

— Non.

— C'est comment, Vals ?

— Petit. D'un côté de la Volane c'est chic, avec les thermes, le casino, les hôtels, les jardins pour les vieux riches. De l'autre, c'est la mort avec des vieux pauvres.

— C'est le paradis que tu m'offres !

— J'ai pas dit qu'on y resterait. C'est là qu'habite ma mère, c'est tout.

— T'as jamais pensé à en faire quelque chose de cette boutique ?

— Non. Qu'est-ce que j'y vendrais ?

— Je sais pas, moi… Mais dans une ville à

touristes, y a toujours des choses à vendre. Ça s'emmerde, le touriste, alors ça achète.

— Faut croire que non, sinon ma mère serait millionnaire.

— Elle a peut-être pas trouvé le bon truc ?

— Peut-être.

Derrière la vitre embuée les voitures sillonnaient la nationale, pareilles à des fantômes gris. Dans les assiettes quelques frites tordues retrouvaient l'état de congélation d'où le cuisinier les avait tirées pour un bref instant, engluées dans un marécage de ketchup. Fiona rêvassait en fumant, la joue dans la main. Bernard berçait la petite ogresse qui ronflait en plissant le nez.

— Elle est grande comment, cette boutique ?

— Comme la moitié d'ici, un peu moins, peut-être. Et puis elle est pas en très bon état, même un peu pourrie.

— C'est quand même dans la rue principale, tu m'as dit ?

— Oui, mais chez les pauvres. Autant dire une impasse. En dehors des jours de marché c'est : « Circulez y a rien à voir. » Commence pas à rêver là-dessus, ça a bousillé la vie de ma mère. On peut remonter à Bron, j'ai un boulot qui m'attend. C'est peut-être pas le Pérou, mais c'est stable.

— Je rêve pas, je me renseigne, c'est tout.

— De toute façon, quand tu auras vu tu comprendras tout de suite. Bon, on y va ?

Violette s'était laissé harnacher sans une plainte, un œil ouvert, l'autre fermé, la bouche en chapeau de gendarme, résignée. Bernard fut content que Fiona vienne s'installer à côté de lui, à l'avant. Dès qu'il aurait un peu d'argent de côté il s'achèterait une voiture, pas aussi luxueuse que celle de monsieur Marechall, bien sûr, mais une bagnole à lui. Il avait déjà le porte-bébé, c'était un début. Fiona lui posa la main sur la cuisse en allumant la radio. Avant de démarrer, ils échangèrent un baiser d'enfants qui sentait le Coca tiède et le ketchup.

« C'est toujours les hommes qui partent les premiers, soit pour une poule, soit pour mourir. Elle a raison, Marike, faut les prendre jeunes, on a des chances de les garder plus longtemps. Cela dit, elle ne s'en tire guère mieux, toujours aussi veuve entre deux gigolos qui lui piquent ses sous. Temps orageux avec éclaircies en fin de journée qu'ils ont dit ce matin à la radio. Tu parles ! »

Rose tressait machinalement les franges de son châle assise au bord du lit où Simon reposait tout habillé, sauf les chaussures. Il avait catégoriquement refusé de faire appel à un docteur. Une poignée de pilules et il s'était endormi, le teint plombé, deux grosses poches violacées sous les yeux. Rose ne s'était jamais mariée ; d'abord par conviction, enfin pour ne pas prendre le risque de se faire plaquer par un bonhomme comme sa mère, ensuite par habitude. Ça ne faisait que quatre ou cinq ans que trottait dans sa tête l'idée de finir ses jours avec quelqu'un… Un homme, quoi. Elle était en bonne santé, elle avait du bien, ne manquait pas d'activités, mais une lancinante mélancolie s'était emparée d'elle au point qu'un moment elle avait même songé aux petites annonces, aux agences de rencontres. Mais son orgueil le lui interdisait, elle voulait une vraie histoire, de celles qui arrivent quand on n'attend plus rien. Au fond, elle était amoureuse mais sans savoir de qui. Et voilà que ce Simon lui tombait du ciel ! Parce que c'était lui, même si elle ne le connaissait que depuis vingt-quatre heures, elle l'avait tout de suite reconnu. Alors de le voir là, tout raide, les mains croisées sur le ventre, les narines pincées, la peau cireuse, c'était à n'y rien comprendre. La vie vous joue de ces tours et détours…

— Tire, Simon, tire, bordel !… J'ai trop mal, je suis foutu…

L'arme tremblait dans la main de Simon, le canon pointé sur le front de son copain Antoine. Simon avait déjà tué des hommes, mais au combat on ne savait jamais, l'ennemi était trop loin, caché par des branches, des rochers. Là, c'était différent, à cinquante centimètres du visage de son pote crispé par la douleur.

— Toutes les femmes accouchent sur une tombe, s'il te plaît, tire !

Simon avait fermé les yeux. Il était tout petit, à quatre pattes sous la table autour de laquelle sa mère et d'autres femmes causaient en écossant des petits pois. Sous leurs robes c'était noir. Son doigt avait appuyé sur la détente, son doigt, pas lui. Depuis, chaque fois qu'il abattait un homme, il se revoyait sous la table au milieu de cette forêt de jambes gainées d'épais bas de laine grise.

Que faisait Rose ? On aurait dit qu'elle tricotait… Ses petites mains potelées… Il tendit la sienne, paume ouverte. Rose se retourna vers lui, des yeux de chouette aux cils collés de mascara pâteux, un pauvre sourire aux lèvres.

— Ça va ?

— Alors, qu'est-ce qu'il a dit ?

— Rien. Il a pas eu l'air surpris. Il m'a juste regardé.

Après avoir déposé Fiona et Violette à leur caravane, Bernard s'était garé à côté de celle de monsieur Marechall. Il n'y était pas. Il avait tout de suite pensé à Rose. Tout au long de l'allée qui menait à son bungalow il se répétait le petit discours qu'il avait préparé dans la voiture. Mais tout se mélangeait, des bribes de phrases sans queue ni tête qui se bousculaient dans le désordre. Il n'en restait plus rien quand il avait frappé à la porte. Rose lui avait ouvert. Elle avait le visage tout barbouillé de maquillage mais elle souriait. Monsieur Marechall était assis au bord du lit, les mains en coupe autour d'un bol de thé fumant. Ses chaussures étaient délacées, sa peau jaune, presque translucide, les yeux bordés de jambon pas frais. On aurait dit une de ces statuettes chinoises sculptées dans du vieil ivoire. Pas un muscle de son visage ne tressaillait, on ne pouvait rien lire dans son regard, pas la moindre émotion, au point qu'on se sentait pris de vertige. Bernard avait dû faire un gros effort pour décoller la langue de son palais.

— C'est moi, monsieur Marechall, je suis revenu, j'ai ramené la voiture…

Aucune réaction, silence total.

— Je suis désolé, je…

Rose était venue à son secours en lui posant une main sur l'épaule.

— Laisse, Bernard, laisse. Simon a eu une attaque en début d'après-midi, mais ça va mieux. Ne t'inquiète pas. Fiona et la petite sont avec toi ?

— Oui.

— Tant mieux, tant mieux. Va les rejoindre. J'irai vous voir tout à l'heure.

Avant de se laisser reconduire à la porte, Bernard avait cru percevoir un sourire flotter sur les lèvres de monsieur Marechall, mais peut-être était-ce juste ce qu'il souhaitait voir.

— Alors pas un mot de reproche, pas de : « Petit con » ?

— Rien, je te dis. Il me regardait fixement et pourtant, je me demande s'il m'a vu.

— Il a dû être sérieusement secoué. Un jour j'ai vu un type se prendre le jus en réparant un compteur. Mon vieux, t'aurais dit qu'il revenait de chez les morts ! Et s'il nous claquait dans les pattes, là, ce soir, ou demain ? Qu'est-ce qu'on ferait ?

— J'en sais rien. Faut pas penser à ça.

— On peut dire que t'as tiré le gros lot avec ce mec-là ! Dis donc, y a plus de lait pour Violette, tu veux pas aller en chercher ?

— Anaïs ?… T'es debout ?…

— Évidemment, je fais pas mes courses à quatre pattes !

— On m'a dit que tu étais malade…

— Eh ben on s'est trompé. Où il est le gruyère râpé ?

— Au fond, avec les laitages.

Anaïs prenait toute la place entre les rayons étroits du Petit Casino. Ses bottes de caoutchouc couinaient sur le carrelage et l'eau qui dégoulinait de son parapluie laissait derrière elle une trace de bave d'escargot. Elle gardait un si bon souvenir des pilchards de la veille qu'elle en prit trois boîtes et puis des pâtes, du riz, de la farine, du chocolat, des biscottes, des petits pois, des œufs… À part les trois bouteilles de Négrita, elle piochait au hasard, sans même regarder ce qu'elle entassait. À vrai dire elle s'en foutait. Elle voulait juste remplir son placard comme si elle se préparait à tenir un siège. Elle ne cessa de bourrer son panier que lorsque l'anse commença à lui faire mal à la saignée du bras. C'est à peine si elle parvint à le poser à côté de la caisse. L'épicier fit la gueule quand après avoir enregistré ses achats elle lui annonça qu'elle le paierait demain.

— T'as pas confiance ?

— Si, mais…

— Bernard rentre ce soir, ou demain. Il passera te régler.

Il pleuvait toujours. L'eau vernissait la chaussée, frangeait les gouttières. Des silhouettes non identifiables rasaient les murs, le dos voûté. C'est ce temps pourri qui avait incité Anaïs à faire le plein de provisions, parce que ça allait durer, jusqu'à la fin du monde peut-être bien. Elle s'en foutait parce qu'elle était déjà morte, mais l'éternité c'est long, alors faut prévoir.

Une fois chez elle, elle se débarrassa en soupirant du parapluie, de son capuchon et troqua avec soulagement les bottes trop grandes pour ses bonnes vieilles mules.

— Bon, le ciel peut bien s'écrouler, nous, on a tout ce qu'il faut, pas vrai princesse ?

La négresse lampadaire lui rendit son sourire. Ensuite elle alla ranger ses vivres dans la cuisine, se versa un bon verre de rhum et admira, satisfaite, les conserves alignées comme des bibelots de collection sur les étagères.

— Qu'on me donne une seule bonne raison de sortir, une seule !…

Elle se mit à rire, le même rire que celui de l'Antillaise sur l'étiquette de la bouteille.

Rose avait tutoyé Bernard. Elle lui avait demandé des nouvelles de Fiona et de la petite. Elle avait dit : « Simon a eu une attaque en début d'après-midi. » Elle s'était comportée comme si tous faisaient partie d'une même famille dont lui, Simon, tiendrait le rôle du patriarche. Ça avait quelque chose de comique et de touchant à la fois. Qu'avaient-ils donc de commun ?... Quand Bernard était arrivé avec son air de grand dadais penaud, Simon n'avait pas pu s'empêcher de voir en lui, non pas une ressemblance physique, mais une sorte de prolongement inattendu de lui-même. C'est pour ça qu'il l'avait regardé sans rien dire. C'était étrange. Ils étaient comme des naufragés que le hasard aurait réunis sur une île déserte. La situation était si insolite que plus un seul d'entre eux ne semblait avoir de passé. Il avait dû sombrer avec le reste de l'humanité. Ils étaient aussi nus et désemparés les uns que les autres et cherchaient, en se rapprochant maladroitement, un quelconque réconfort, un sens à leur survie.

Le croyant endormi, Rose était sortie sur la pointe des pieds sans doute pour retrouver Fiona et le bébé. Simon se sentait encore faiblard mais il ne supportait plus l'atmosphère du bungalow saturé du parfum sucré de Rose. Il avait besoin d'air. C'était pénible de marcher dans le sable mouillé qui collait à ses semelles comme de la glaise. Enfant, quand il allait glaner des pommes de terre dans les champs de boue, chacun de ses pieds en revenant pesait dix kilos. On s'y enfonçait parfois jusqu'aux genoux. La terre grasse vous absorbait à chaque pas avec un bruit de succion dégoûtant. En Indochine, il avait vu des hommes s'enliser dans des marécages. Une fois leur tête disparue, une grosse bulle se formait à la surface du marigot puis éclatait et c'était fini. C'est probablement ce qui allait lui arriver bientôt. L'idée ne lui était pas insupportable, ce qui l'agaçait c'était de ne savoir ni où ni quand. Jusqu'à présent c'est toujours lui qui avait décidé de ce genre de chose. Sauf pour Antoine… Il s'en souvenait comme d'un baptême, un baptême à l'envers. Finir comme Antoine, oui, c'est comme ça qu'il aimerait que ça se passe, de la main d'un ami. Simon avait l'âge de Bernard à cette époque…

— C'est parce que vous pouviez pas que vous avez pas eu d'enfant, Rose ?

— Non. C'est les hommes que je ne trouvais pas.

— Pourtant vous deviez être jolie, vous êtes encore pas mal !

— Merci. Ce ne sont pas les occasions qui m'ont manqué, j'ai été fort courtisée. Mais je ne voulais pas m'attacher, je tenais à ma liberté.

— Ça n'empêche rien ! Moi aussi j'y tiens à ma liberté. Mais je voulais un enfant, à moi. J'ai pris le premier venu, pas trop moche quand même et je me suis barrée.

— De mon temps, c'était différent. Et Bernard ?

— C'est pas la même chose. D'abord j'ai déjà Violette et puis je savais pas qu'il existait. On verra, si ça marche entre nous, on en fera peut-être un autre ensemble ?

Rose taquinait Violette du bout du doigt. La petite avait l'air de trouver ça à son goût. Elle souriait en faisant des bruits mouillés avec sa bouche. Entre dodues, on se comprend. Fiona étendait au-dessus du radiateur une grenouillère qu'elle venait de laver.

— Vous savez, Rose, faut m'excuser, mais au début j'ai eu peur de vous. Faut dire que vous faites un drôle de boulot !

— Ce n'est pas grave.

— Et puis de monsieur Marechall aussi j'avais peur. Lui non plus il a pas un métier banal !

— Il en faut ! Les rats, les rongeurs, ça fait du dégât !...

— Les rats !... Ben voyons !... Enfin, maintenant il est plutôt inoffensif.

— Je m'inquiète... Si vous l'aviez vu tout à l'heure... J'ai cru qu'il...

— Allons, Rose, faut pas pleurer. Les toubibs maintenant, ils font des miracles.

— Oui, il faut y croire, il faut... Excusez-moi, mais, savez-vous, c'est la première fois que ça m'arrive !

— Quoi ?

— Mais, le coup de foudre, comme dans les livres ! À mon âge, ça ne saurait plus m'arriver une deuxième fois !

— Allez, il est pas mort, il est juste vieux… Tenez ! Je le vois arriver avec Bernard…

Rose se précipita à la fenêtre, étouffant à moitié Violette entre ses seins.

— C'est pas raisonnable de se promener après ce qu'il m'a fait aujourd'hui, c'est pas raisonnable…

Bernard faisait passer la brique de lait d'une main à l'autre pour se donner une contenance et cherchait à régler son pas sur celui, plus lent, de Simon. Il était sûr que le premier mot qu'il dirait serait une connerie mais il se lança quand même car il ne savait pas comment interpréter le mutisme de monsieur Marechall.

— Monsieur Marechall, je voulais vous dire…

— Dis rien.

— OK, je dis rien. Mais vous pouvez toujours compter sur moi. Je finirai mon boulot, comme prévu.

— On part demain. Toi et moi. C'est tout.

— D'accord, monsieur Marechall, d'accord. Mais j'avais pensé que Fiona et…

— Juste toi et moi !

Monsieur Marechall s'était arrêté et lui serrait le bras avec une force dont on ne l'aurait pas cru capable. Une serre d'aigle. Tout cassé qu'il était devenu, avec ses petits cheveux blancs que le vent ébouriffait comme un duvet autour de son crâne chauve, il émanait de lui une détermination impitoyable, ses yeux en étaient vitrifiés.

— Demain tu me ramènes à l'hôtel, à Vals, et tu feras exactement ce que je te dirai de faire, jusqu'au bout ! Ensuite… Je m'en fous.

Simon lui lâcha le bras et se remit en marche, un pied après l'autre, lentement, tête baissée, dos voûté.

Anaïs avait passé la journée à manger et à boire, à boire et à manger, jusqu'à s'en rendre malade. Et après avoir vomi, elle avait recommencé, mélangeant dans la même assiette cassoulet, chocolat, pilchards... Toutes les provisions accumulées le matin étaient en principe destinées à la traversée de l'éternité mais, comme Anaïs jugeait ce voyage un peu long, elle s'était dit qu'en les dévorant en un temps record l'éternité s'en trouverait raccourcie d'autant. C'était d'une logique discutable, mais concevable, car les heures étaient passées sans qu'elle s'en aperçoive. Il faisait nuit.

—Merde, déjà onze heures ! Qu'est-ce que je vais me faire à dîner ?... Une soupe !

Le petit peuple applaudit des deux mains (voire plus, certains petits monstres en possédaient quatre, parfois six) à cette riche idée. Une bonne soupe du soir, un bouillon de onze heures.

La soupe est un plat universel, on en mange partout dans le monde. Il suffit d'avoir de l'eau et d'y plonger tout ce qui vous tombe sous la main.

La première bouteille de Négrita était vide, bien sûr. Le niveau de la deuxième arrivait au menton de l'Antillaise et quand on la retournait, au ras de son turban de madras. Anaïs fit faire plusieurs fois l'aller-retour au liquide en méditant sur le temps qui passe comme d'autres le font devant un sablier. Le temps liquide passait incontestablement plus vite. Anaïs se versa un verre pour fêter cette judicieuse observation. Elle aurait pu devenir chercheuse, une grande scientifique comme Marie Curie si on l'avait aidée. Mais on ne l'avait pas fait. Quel gâchis ! On ne récompensait que ceux qui trouvaient, mais merde, avant de trouver, faut chercher ! Que le temps liquide passe plus vite que le temps minéral c'était une sacrée découverte, non ?... Tant pis pour eux, elle garderait ça pour elle et ils mettraient encore des siècles avant de constater à leur tour toute la profondeur de cette irréfutable loi naturelle.

Peu à peu la cuisine avait retrouvé son aspect habituel de poubelle renversée. Les araignées tissaient à nouveau leur toile aux coins des murs, le linoléum gominé de gras glissait sous les pieds comme aux plus beaux jours et les moutons s'étaient remis à brouter consciencieusement le long des plinthes.

— Tant pis !... Vous ne voulez pas de moi, je ne veux pas de vous.

Jambes écartées, campée tant bien que mal sur ses semelles à bascule, Anaïs remplit d'eau un grand faitout dans lequel elle jeta une poignée de pâtes, une autre de riz, le contenu d'une boîte de petits pois, un sachet de lardons, une pincée de gruyère râpé... quelques larmes...

— Il aurait pu m'envoyer une petite carte, au moins... Un coucher de soleil à la con...

Le petit peuple compatissait en se lamentant. Anaïs les chassa d'un coup de torchon.

— Barrez-vous de là ! Vous voyez bien que vous me gênez, toujours dans mes pattes !... Où est-ce que j'ai foutu les allumettes ?

Elle n'y voyait plus très clair, ou alors trop, comme au travers d'une loupe. Chaque objet prenait des dimensions extravagantes. N'arrivant pas à évaluer les distances, elle les faisait tomber un à un, pareils à des quilles, si bien qu'elle n'osa plus toucher à rien et resta, pantelante, à souffler comme une baleine, les deux mains à plat sur la table. Un sifflement dont elle ne parvenait pas à définir la provenance lui vrillait les tympans en même temps qu'une odeur écœurante lui barbouillait l'estomac et lui embrumait la tête. Elle tomba à genoux entraînant dans sa chute la toile cirée et tout ce qu'il y avait dessus.

— Qu'est-ce que c'est que ce bordel ?...

Elle s'affaissa en avant, face contre terre. La vie s'écoula de son corps comme l'huile d'un bidon.

— Vous allez vraiment retrouver Rose en Belgique ?

— …

— Elle va vous attendre.

— Vaut mieux attendre quelqu'un que rien du tout.

— Je vous demande ça parce que je l'aime bien, Rose. Je suis content qu'elle s'entende avec Fiona et Violette. Comme ça elles sont plus toutes seules. Ça fait une petite famille, quoi.

— Tu m'emmerdes avec ta petite famille.

— Allez, vous dites ça, n'empêche que Rose et vous…

— Tu veux bien t'occuper de tes oignons ? Tu vas les retrouver dans deux jours. D'ici là, oublie, d'accord ?

— D'accord, monsieur Marechall, j'en parle plus. Mais qu'est-ce que vous voulez, quand on est heureux on a envie de le dire, c'est normal.

Simon ravala une vacherie. Ça ne servait à rien. Bernard était cuirassé de son bonheur tout neuf. Il souriait à tout ce grand imbécile, aux voitures qui lui faisaient des queues-de-poisson, à ce ciel plombé qui n'attendait qu'un signe pour s'effondrer, aux immeubles crasseux d'ennui qui s'élevaient de chaque côté de la route, aux gendarmes planqués derrière les platanes. Dans sa tête, on l'entendait se tricoter un petit avenir radieux, un petit boulot, une petite maison, une petite femme, une petite fille...

— Tu peux pas t'arrêter de penser !

— Je pense pas, monsieur Marechall, je regarde la route. Merde, des travaux, ça va bouchonner. Ça y est, v'là la pluie !

Des panneaux clignotants contraignaient les voitures à ralentir et à se ranger sur une seule file. Les essuie-glaces balayaient les gouttes, traçant sur le pare-brise de fugitifs éventails. Ce qui posait problème dans l'inaltérable béatitude de Bernard, c'était de savoir comment il allait réagir à la mission que Simon comptait lui confier. Le ralentissement de la circulation semblait une invitation à tâter le terrain en douceur.

— Quand tu retrouveras Fiona et la petite, qu'est-ce que vous allez faire ?

— On va remonter à Bron. Ma main est presque guérie, je vais pouvoir reprendre mon boulot. Seulement faudra se trouver un appart plus grand parce que mon studio... En mettant la clé dans la serrure, on casse la fenêtre, si vous voyez ce que je veux dire. C'est cher les loyers en ville. Mais on se démerdera. Fiona est débrouillarde, elle se trouvera un petit job.

— Un petit job, un petit appart !... T'en as pas marre de jouer petit bras ?

— Vous êtes marrant, on fait ce qu'on peut ! Je suis pas né avec une cuillère d'argent dans la bouche. Vous avez vu ma mère... Elle aussi faudra que je m'en occupe. Ça va pas être facile… Enfin, l'amour ça donne du courage. Et puis avec l'autre moitié de ce que vous me payez, ça m'aidera à démarrer.

— Tu n'iras pas bien loin avec ça.

— Jusqu'à Bron. Vous en faites pas, j'ai perdu que deux doigts, je suis pas manchot.

Et il souriait, comme quand Simon l'avait rencontré sur le banc : « C'est juste l'auriculaire et l'annulaire, je m'en servais jamais. » Ce type avait un don pour la vie, un peu comme ces nouveau-nés qu'on retrouve vivants dans une poubelle.

— Écoute, Bernard, à part ton escapade d'hier, mais passons là-dessus, je suis très content de toi. Tu as toujours assuré, même dans des situations… disons délicates. Alors si tu voulais…

— Non, monsieur Marechall, je vous dis non tout de suite. Je vous aime bien, monsieur Marechall, mais votre boulot, c'est pas pour moi. Ça gagne peut-être bien, je suis peut-être un minable avec des rêves minables, mais je peux me regarder chaque matin dans ma glace sans avoir honte. Je vous critique pas, je sais qu'au fond vous êtes pas si méchant que ça, mais je voudrais pas devenir aussi seul et triste que vous. Chacun sa vie, monsieur Marechall, chacun sa vie.

— Mais je ne te propose pas un boulot !… Je te demande un service.

— Quel service ?

— Un service, quelque chose qu'on ne peut demander qu'à un ami.

Les petits bonshommes Playmobil réglaient la

circulation en agitant des drapeaux. Peu à peu les voitures reprirent leur allure de croisière.

Ils arrivèrent à Vals-les-Bains en fin d'après-midi. Il pleuvait toujours, pas fort, mais avec une régularité obsédante. Bernard trouva une place juste devant le Grand Hôtel de Lyon. Il ne souriait plus, gardait les mains sur le volant et le regard braqué droit devant lui.

— Bon, Bernard, alors huit heures demain matin ?… Bernard ?…

— Oui ! Huit heures demain matin. Vous êtes quand même un sacré tordu, monsieur Marechall.

— Serrons-nous la main.

Avant de sortir de la voiture, tous deux remarquèrent le porte-bébé toujours accroché à la banquette arrière. Simon hocha la tête en souriant.

— C'est pratique ces machins-là.

Ils se séparèrent sur le trottoir, l'un s'engouffra dans le hall de l'hôtel et l'autre se dirigea vers la vieille ville. Aucun des deux ne se retourna.

la collection de poche des éditions Zulma

1. DAVID TOSCANA, *El último lector*
   traduit de l'espagnol (Mexique) par F.-M. Durazzo
2. ANJANA APPACHANA, *Mes seuls dieux*
   traduit de l'anglais (Inde) par Alain Porte
3. ZOYÂ PIRZÂD, *C'est moi qui éteins les lumières*
   traduit du persan (Iran) par Christophe Balaÿ
4. GERT LEDIG, *Sous les bombes*
   traduit de l'allemand par Cécile Wajsbrot
5. FERENC KARINTHY, *Épépé*
   traduit du hongrois par Judith et Pierre Karinthy
6. GEORGES-OLIVIER CHÂTEAUREYNAUD,
   Singe savant tabassé par deux clowns
7. ENRIQUE SERPA, *Contrebande*
   traduit de l'espagnol (Cuba) par Claude Fell
8. JACQUES ROUMAIN, *Gouverneurs de la rosée*
9. CHANTAL CREUSOT, *Mai en automne*
10. BOUBACAR BORIS DIOP,
    Murambi, le livre des ossements
11. GEORGES PEREC, *Perec/rinations*
12. FRÉDÉRICK TRISTAN, *le Singe égal du ciel*
13. GEORGES PEREC, *Nouveaux jeux intéressants*
14. R. K. NARAYAN, *Dans la chambre obscure*
    traduit de l'anglais (Inde) par Anne-Cécile Padoux
15. HUBERT HADDAD, *la Condition magique*

16. LEO PERUTZ, *le Maître du Jugement dernier*
traduit de l'allemand par Jean-Claude Capèle

17. ZOYÂ PIRZÂD, *Comme tous les après-midi*
traduit du persan (Iran) par Christophe Balaÿ

18. LEO PERUTZ, *la Troisième Balle*
traduit de l'allemand par Jean-Claude Capèle

19. MARIE VIEUX-CHAUVET, *Amour, Colère et Folie*

20. AUÐUR AVA ÓLAFSDÓTTIR, *Rosa candida*
traduit de l'islandais par Catherine Eyjólfsson

21. WILLIAM SAROYAN, *Papa, tu es fou*
traduit de l'anglais (États-Unis) par Danièle Clément

22. R. K. NARAYAN, *le Guide et la Danseuse*
traduit de l'anglais (Inde) par Anne-Cécile Padoux

23. DANY LAFERRIÈRE, *le Cri des oiseaux fous*

24. PASCAL GARNIER, *Comment va la douleur ?*

Couverture créée par David Pearson et imprimée chez Floch à Mayenne ¶ Texte composé et mis en page par les Ateliers Graphiques de l'Ardoisière à Bègles ¶ Reproduit et achevé d'imprimer en août 2015 par Normandie Roto Impression S.A.S. à Lonrai pour le compte des éditions Zulma à Honfleur ¶ ISBN : 978-2-84304-750-3 ¶ ISSN : 2267-1803 ¶ Dépôt légal : octobre 2015 ¶ N° d'imprimeur : 1503373 ¶ Imprimé en France ¶